糸針屋見立帖

逃げる女

稲葉 稔

幻冬舎文庫

糸針屋見立帖

逃げる女

目次

第一章　女衒　7
第二章　ふじ屋　44
第三章　板橋宿　86
第四章　戸田渡　128
第五章　水車小屋　168
第六章　岡田屋　213
第七章　廃寺　250

第一章　女衒

一

渡船場の土手でお夕は足を止めて、背後を振り返った。目には諦念の色があったが、胸の内には悔しさと腹立たしさが渦巻いていた。しかし、お夕は感情を押し殺した顔で、ずっと道の遠くを眺めた。

いまにも涙が出そうだった。口を固く引き結び、西のほうに目を向けた。秩父の山々がつらなっている。大山がその奥に聳《そび》え、はるか彼方《かなた》に富士が霞んでいた。

稲穂の稔《みの》った田の間を縫うように、白い道がずっと遠くまでつづいている。牛に引かれる大八車が車輪を軋《きし》ませながら埃《ほこり》を立てていた。行李《こうり》を担いだ行商人に、杖を持った旅の僧の姿も見られた。

「どうした。早く乗りな。別れは惜しんできたではないか……」

男の声でお夕はゆっくり顔を戻し、土手下の舟着場に目を向けた。

万筋《まんすじ》の着物を粋《いき》に着流している男は、指ですっと襟をただして顎《あご》をしゃくった。女衒《ぜげん》だった。名を仁七という。

お夕は恨みがましい視線を仁七に向けた。髯《ひげ》の剃《そ》り跡が青々としている。仁七はさあと、もう一度舟にうながした。

お夕は土手を下り雁木《がんぎ》をつたって舟に乗り込んだ。あまり大きくない平田舟だった。穏やかに流れる荒川は、鈍色《にびいろ》の光を放っている。舟縁《ふなべり》のすぐ下に自分の顔が揺れながら映り込んでいた。黄八丈の着物に藤色の頭巾《ずきん》をしていた。

お夕はぎゅっと拳《こぶし》を握りしめて、強く風呂敷包みを抱いた。こぼれそうな涙を必死に堪《こら》え、視線を渡船場の河岸場に向ける。

やはり、姿はなかった。来てほしいという気持ちと、やはり見送られたくないという気持ちがない交ぜになっていた。

「出しますよ」

船頭の声で、舟がすうっと桟橋を離れた。

そのまま舟は流れに乗って戸田渡《とだのわたし》から遠ざかっていった。お夕は舟縁にしがみつくようにして、渡船場のあたりに目を向けつづけていた。

と、土手の上に黒い人影が立った。慌てたように首を動かして周囲を見ていた。

――佐吉さん！

お夕は胸の内で叫んだ。

佐吉さん！　佐吉さん！　佐吉さん！

土手の上に立つ男に、何度も声も出さずに呼びかけた。だが、その姿は徐々に小さくなっていった。

小さな黒い影となった左吉を凝視するお夕の目から涙がこぼれた。あとは堰《せき》を切ったように、涙があふれた。肩を小刻みに震わせはしたが、唇を固く閉じて嗚咽《おえつ》は漏らさなかった。ただ、胸の内に熱い感情があるだけだった。

舟は蛇行する川を浮間、岩淵と過ぎてゆく。川は千住大橋をくぐると、そこから大川（隅田川）と名を変える。戸田渡はもうすっかり見えなくなっている。生まれ故郷を離れるとともに、お夕の思い出も遠ざかるようだった。

日は西に傾きつつある。川岸の木立のなかでひぐらしが鳴いている。

仁七と船頭に悟られないように泣いていたお夕は、涙が収まると、そっと着物の袖で目のあたりをぬぐった。初々《ういうい》しい頬《ほお》が、やわらかな西日を受けていた。

仁七は黙り込んだまま、長煙管《ながぎせる》を吹かしつづけている。頬被《ほおかぶ》りに菅笠を被った船頭も無言で舟を操りつづけていた。

「今夜は宿を取ってやる」

千住大橋が近づいたとき、仁七がそんなことをいった。

お夕は仁七を黙って眺めた。

「……今夜はゆっくりするんだ。先方に挨拶をするのは明日だ」

言葉を重ねた仁七は、煙管の雁首を舟縁に打ちつけて灰を川に落とした。お夕はうなずくでもなく、受け流すでもなく、黙したまま仁七から視線をそらした。

大川は鐘ヶ淵のあたりで、大きく右に曲がる。そこからはほぼ海までまっすぐに下る。

「……もう江戸だ」

仁七のつぶやきに、お夕ははっと目を瞠《みは》った。

舳先《へさき》のずっと先を見る。右のほうに、これまで見たこともないほどの家々があった。そのずっと川下にも無数の家がある。

これが江戸なのかと思わずにはいられなかった。話には聞いていたが、生まれ育った蕨《わらび》とは大きな違いだった。江戸の町は暮れなずんでいた。縹色《はなだいろ》をした空に浮かぶ雲は、金色に染まっている。

「船頭」

仁七が船頭に声をかけた。

「へえ」

「吾妻橋《あずまばし》を抜けたら右の岸につけるんだ」

「へえ、わかりました」

吾妻橋。すぐ先にある大きな橋のことだろうか……。

お夕は慌てたようにまわりを見まわし、すぐそばの川面《かわも》に目を向けた。深いのだろうか……。いいや、深くてもかまわない。溺《おぼ》れ死んでもいいのだ。

お夕は心の臓を高鳴らせ、ずっと考えつづけていたことを胸の内で決めた。舟縁を両手で強くつかみ、尻を浮かした。息を何度か吐いて吸い、目をつむって、いよいよ思いを決した。同時に、舟底を強く蹴《け》り、前に飛び出した。

「あっ！」

驚きの声を漏らしたのが船頭だったのか仁七だったのか、お夕にはわからなかった。

そのまま川底深くもぐり、一心に両手で水をかきわけた。

舟から離れられるだけ、離れるしかない。ただ、その思いだけでもぐりつづけた。

二

神田明神の森が翳《かげ》っている。日の光は弱く、早くも月が浮かんでいた。

夏は神田明神下の通りを、下駄音をさせてぶらぶら歩いていた。

カランコロン、カランコロン……。

乾いた下駄音が町屋の通りにひびく。道具箱を担いだ職人が家路を急ぎ、茶店の女が呼び込みの声をあげていた。

軒行灯《のきあんどん》や提灯《ちょうちん》に火を入れる料理屋が散見されれば、暖簾《のれん》をしまう小僧がいる。夏は巾着の紐を指にからめて、ぶらぶら振りまわしていた。注文の糸を届けてきたばかりで、急いで帰る必要はなかった。帰ったところで、やることもない。

退屈だな。何か面白いことないかな……。

立ち止まってあたりを見まわした。右は明神下御台所町、左は神田金沢町。まっすぐ行って神田川に突きあたると昌平橋。

誰かに会わないかな……。

暇にあかせてそんなことを思い、また歩きはじめた。厄介になっている糸針屋ふじ屋は、ちっとも忙しくなかった。

毎日、店番や面白くもない客の話し相手をするぐらいだった。夏は刺激がほしかった。できれば、胸を焦がすような恋をしたかった。しかし、眼鏡《めがね》に適《かな》う男に出会うことがない。ちょっといいなと思う男はいるにはいる。

小川金三郎——。

金さんと親しく呼ばせてもらっている浪人だが、自分には興味があまりなさそうだ。どちらかというと、千早姉さんに気があるように思う。

くーっ、悔しい。

胸の内でぼやいた夏は、愛くるしい目を厳しくした。金三郎に少しはかまってほしい。ときには大人の女として扱ってほしい。だけど、金三郎はいつも冗談をいって、さらりとかわす。片頰に嫌みのない笑みを浮かべて、

「おまえはいい女だ」

と、いってくれるが、それはまったく子供扱いする物いいだ。

「そうだ」

声を漏らした夏は、手を打ち合わせて立ち止まった。さっと、金三郎の住まいのある方角を見る。

三日ほど前だった。

伊平次親分の下っ引きをしている、猿顔の忠吉がこんなことをいった。

「お夏よ。おまえほどの女なら、色仕掛けでいくらでも男をたぶらかせるぜ」

馬鹿にしないでといって、忠吉の猿顔を張り飛ばしてやったが、金三郎ならどんな手を使ってもいいのではないかと思い立った。そう思ったら、すぐ行動に移さないと気がすまないのが夏だ。

脇目もふらず足を急がせて金三郎の住まう、牛込袋町代地に向かう。色仕掛けとはどんなことかよくわからない。わからないけど、男の気のそそり方なら、何となくわかる。ろくでもない男ではなく、相手は金三郎なのだから一度試してみる価値はあるはずだ。

神田広小路の雑踏を突き抜け、神田花房町にあるふじ屋には目もくれず、仲通を素通りして牛込袋町代地にある茂兵衛店《だな》の路地に入る。

うす暗い路地には、夕餉《ゆうげ》の支度で吐き出される竈《かまど》の煙が、霧のように充満していた。この路地にあるどぶ板はよく外れているので、足許《もと》に注意しなければならない。赤ん坊の泣き声と、うるさい女房が亭主に嚙《か》みつく怒鳴り声がしている。奥の井戸端《ばた》には下卑た女房たちの笑い声があった。

金三郎の家の前で立ち止まった。戸は閉まっている。エヘンと、空咳《からぜき》をひとつして、ふくよかな胸のあたりを触り、襟を少し広げ、胸の谷間が見えるようにした。

「金さん、金さん」

猫なで声で呼びかけた。嫣然《えんぜん》とした笑みを口の端に浮かべるが、さまになっているかどうかわからない。しかし、返事がない。

「金さん、いらっしゃらないの……」

暑さはやわらいではいるが、それでも日中の日射しは強い。戸を開け放しているのが普通だ。現にどこの家の戸も開け放してある。

留守かしら……。まわりを見て、戸に手をかけて横に引いてみた。

誰もいなかった。家のなかは暗い。かすかに金三郎の匂いがあるような気がした。

夏は小鼻を動かして、木戸門のほうを振り返った。男の声がしたので金三郎だと思ったが、全然違う男だった。腰切り半纏《ばんてん》に股引《ももひき》というなりの職人だった。

とぼとぼ引き返すと、

「あんた、ふじ屋にいる娘だろ」

という声がかけられた。

振り返ると、でっぷり肥えたおかみが盥《たらい》を抱えて立っていた。

「金さんだったら、さっきふじ屋のあのきれいなおかみさんが呼びに来て、二人して出ていったよ」

という。

「千早姉さんと……」

夏は目を見開いた。にわかに嫉妬《しっと》心が湧き、かっと頭に血が上った。さらにおかみは付け加えた。

「なんだか仲良く話していたね。あの二人、あやしいんじゃないかい」

単に噂好きのおかみかもしれないが、夏の心に嫉妬の渦が逆巻く。

「どこに行ったか聞いてませんか？」

「さあて、そんなことは聞かないよ。人の恋路を邪魔しちゃ野暮じゃないか」

盥を抱えたまま、おかみは楽しそうに笑う。

恋路……。その言葉が、夏の頭のなかでグルグルまわった。

あたしの知らないところで、知らないうちにこっそり、二人は逢い引きしているのでは……。そんなことは許せない。絶対にあってはならない。

こうなったら一度店に戻ってみるしかない。戻って千早姉さんがいなければ、本当に二人はあやしいかもしれない。そういえば、以前に増して金三郎が店に顔を出すようになっている。そんなとき、千早は自分に使いを出すことが多い。

あやしい。二人は、あやしい。

居ても立ってもいられなくなった夏は、ふじ屋に駆け戻った。

三

夕闇の濃くなる道を、店に急ぎ戻る夏の頭のなかでは、いろんなことが駆けめぐる。

千早と金三郎ができていたらどうしよう。黙っているべきか、それとも思いの丈をまくし立ててやるか。

夏は自分と千早のことを、いまさらながら比較する。すらりとした容姿の千早には、どうしても太刀打《たちう》ちできない。色白の細面《ほそおもて》に比べ、夏は少し浅黒い。千早はすうっときれいに通った鼻筋を持ち、柳のようにしなやかな眉の下にある少し大きめの切れ長の目が魅惑的だ。

夏も鼻筋は通っているほうだが、小鼻がふくらみすぎている。千早には口許に婀娜《あだ》っぽい小さな黒子《ほくろ》がある。夏にはそんな黒子はない。器量では決して勝てない。勝てることは千早より年が若いということ。胸が魅力的なほど大きいということ。肌の衰えはなく、いまが盛りの十代の餅肌である。ほどよい肉づきの尻に、キュッと締まった足首。肉置《ししお》きだったらあたしのほうに軍配は上がると、夏は勝手に思う。

しかし、金三郎はそんな夏にはあまり興味を持っていないようだ。それが悔しくてたまらない。金三郎にだったら、手込めにされてもいいと思っている。

千早と金三郎の仲を考えれば考えるほど、頭がカッカしてくる。二人のことは大好きだけれど、自分の目の前で仲良くしてほしくない。いやいや、隠れたところでいちゃつかれてもいやだ！

店の暖簾はしまわれていなかった。「糸針屋　ふじ屋」と染め抜かれた暖簾は闇のなかで揺れている。戸障子にあわい明かりがある。

するとﾞ、二人は店にいるのか。

キッと、目尻を吊り上げた夏は、二人の邪魔をするために、

「ただいま、遅くなったわ！」

と、わざと声高《こわだか》にいいながら、ガラリと戸を引き開けた。

あれ、と夏は目を丸くした。帳場には誰もいない。燭台に火が点《とも》っているだけだ。

炎がゆらゆら揺れている。夏はさっと、土間を見た。金三郎の履物はない。

待てよ、奥の部屋に……。履物を持って奥の間で、こそこそやっているのかもしれない。妄想だけが勝手にふくらむ。

足音を忍ばせて居間に入り、隣の寝間に聞き耳を立てたそのとき、

「お夏！」

と、大きな千早の声がした。

夏は心の臓が止まるほど驚いて振り返った。

「あんた、どこへ行っていたの？　吉田屋さんに糸を届けに行っただけなのに、どうしてこんなに帰りが遅いの？」

千早はキッとした厳しい目で夏をにらんだ。

「もう、脅かさないでよ」

夏は胸をなで下ろした。

「脅かしているわけではないでしょ。帰りが遅すぎるからよ」

「ちょっと大事な用があって、寄り道しなけりゃならなかったのよ」

「何よ大事な用って？」

「ご贔屓《ひいき》の……ほら、麴町から一度見えた若旦那のいる伊勢屋の……その人が……」

夏は必死にいい訳を考えるが、嘘はすらすら出てこない。

「その人がうちの店から仕入れたいというから、茶店で話し込んでいたとでもいいたいの」

嘘はすぐに見抜かれる。夏は正直に謝ろうと思った。

「ほんとは……」

「よお、お夏。帰ってきたか。おまえさんも手伝ってくれぬか」

と、いきなり店に入ってきた小川金三郎が、夏の科白《せりふ》を遮った。

「はあ、手伝えって何のこと？」

「恵比寿屋の安吉が家出をしたのよ。だからさっきから手を尽くしているんだけど、ちっとも見つからないの。大川にでもはまったら大変でしょ。あんたもそんなところに、ぼうっと突っ立ってないで手伝いなさい」

提灯に火を入れた千早が、早く捜しに行こうと急《せ》き立てる。

恵比寿屋は三軒隣にある団子屋である。そこの倅《せがれ》の洟垂《はなた》れが安吉だった。まだ十歳だ。

「どうして家出なんかを……」

「店の売り上げをちょろまかして叱られたらしい。それが応《こた》えて、家を飛び出したきり戻ってこないらしいのだ」

金三郎がそういって、さあ行くぞと表へうながす。

夏は二人のあとを追いかけるように、店の表に出た。

「どの辺を捜したらいいかしら」

「どこでもいいから、子供が行きそうなところを捜せばいいわよ。あんたは鼻が利く女だから、こういったとき勘が働くでしょ」

千早は褒めているのか、馬鹿にしているのかわからないことをいう。それからはたと思い出したように、提灯をかざして、夏を振り返った。

「さっき、ほんとはと、いいかけたわね。ほんとはどういうことだったの？」

「ほんとは……その、まっすぐ帰ってくるつもりだったんだけど、知り合いに会ってしまって……」

「知り合いって、誰？」

夏は困った。

「その、圭助さん」

海苔《のり》問屋《どんや》の手代だ。圭助は自分にぞっこんだから、あとでうまく口裏を合わせればいいと考えた。

「山形屋のあの子……。それじゃしつこくつきまとわれたってこと」

「まあ、そんなとこよ。うるさくてさ」

「とにかく、安吉を捜さないと」

もう遅い帰りのことなど、どうでもいいという顔で、千早は神田川のほうに足を向けた。

先を歩いている金三郎は、「安吉、安吉」と呼びかけている。

そんな二人の様子を眺めた夏は、何だこんなことだったのかと、安堵《あんど》の吐息をついた。

しかし、安吉はなかなか見つからなかった。

途中で安吉の両親と遭遇したが、ちっとも見あたらないという。近所の子供たちも知らないらしい。叱り方が悪かったと、父親の五兵衛が弱り切った顔で反省すれば、女房のおたきは売り上げの金をネコババする安吉が悪いのだと、厳しいことをいう。

それはそうだと、おたきに同意しながらも夏は、安吉の行き先に考えをめぐらしていた。

しばらくしてから、夏は安吉がよく遊び場にしている加賀原《かがっぱら》を思い出した。

数日前、道ばたで安吉に出会って、

「おばちゃん、おいら隠れ家《が》作ったんだ」

と、自慢そうにいわれたことがある。そのとき夏は、おばちゃんじゃない、お姉様と呼びなさいと叱りつけたのだった。ひょっとすると、その隠れ家かもしれない。

柳原土手から八ツ小路に入ったところで、夏は千早の片腕をつかんだ。

「姉さん、心当たりがあるわ。ひょっとするとあそこかもしれない」

「どこ？　あそこって……」

「加賀原よ。あの洟垂れが隠れ家作っているはずなの」

「ほんと。それじゃ行ってみましょう」

四

元は加賀前田家の屋敷だった加賀原は、いまは雑草の生える広場である。周囲には椎《しい》や欅《けやき》などの木があり藪《やぶ》も多く、昼間は子供たちの格好の遊び場となっている。広さは千七百坪ほどあるだろうか……。

提灯を持った千早と夏は二手に分かれて、用心しながら歩いた。

「洟垂れ、出ておいで。安吉……。どこにいるの」

夏は周囲に目を凝らしながら歩く。あちこちで虫たちがすだいている。もう秋に入ってはいるが、苦手の蛇がいなくなる時期ではないから、夏は及び腰である。地面に転がっている棒切れも、木の枝から垂れ下がっている蔦《つた》も蛇に見えてしまう。

「安吉、いるんだったら返事をして。ふじ屋のお夏姉さんよ。いい子だから、隠れていないで出てきて」

北の外れの藪に動くものがあった。枯れ松のそばだ。夏は立ち止まって、提灯を掲げた。すると、ごそごそ音がして、黒い人影が現れた。

「……安吉なの」

影がこくんとうなずくのがわかった。

「そんなとこにいると、蛇に食べられちゃうわよ。早くいらっしゃい。そこには蛇がうじゃうじゃいるんだからね」

「ほんと！」

提灯の明かりに浮かんだ安吉の顔がこわばり、夏のそばに駆け寄ってきた。夏はしっかり肩を抱き留めると、千早を呼んだ。

「姉さん、いたわ。こっちよ」

提灯を振って知らせると、千早が小走りでやってきた。

「安吉、みんな心配していたのよ。それで、無事なのね。怪我《けが》はしていないのね」

千早は安吉の背や肩をなでた。

「……うん」

「それじゃうちに帰ろう。おとっつぁんもおっかさんも、あんたのことが心配でたまらないのよ」

「おとっつぁんにまた殴られるかもしれない」

「それはあんたが悪いことしたからじゃない。とにかく、男の子なら、ちゃんと手をついて、もう二度とやらないからと謝りなさい」

「…………」

安吉はもじもじしている。

「謝れば、おとっつぁんもきっと許してくれるわ」

「ほんとに許してくれるかな」

「とにかく、きちんと謝ることよ。さ、行きましょう」

加賀原を出て、火除広道まで来たとき、安吉の両親と金三郎と出会った。

「あんた、いったいどこ行ってたんだい。まったくどうしようもない子だね。こっちに来な」

血相変えて怒鳴ったのは、母親のおたきだった。安吉の手をつかむと、思い切り尻をたたいた。二回、三回……。

「まったく心配かけやがって」

父親の五兵衛も、拳骨《げんこつ》を作って、はーっと息をかけた。半べその安吉は父親の形相《ぎょうそう》に恐れをなし、首をすくめた。

「安吉、ちゃんと謝るのよ」

千早の声で、安吉はその場に土下座をして、自分の非を泣きながら謝った。

「ごめんなさい。もう二度としません。このとおり堪忍です。堪忍です」

五兵衛とおたきも、必死に許しを請う息子にはそれ以上なにもいわず、千早たちにかけた迷惑を詫びた。

とにかくこれで、ちょっとした騒ぎは一件落着となった。

ふじ屋に戻ると、

「金さん、とんだご迷惑でしたね」

と、千早が金三郎に頭を下げた。

「なにも千早さんが謝ることはない。悪いのは安吉なのだから。だが、見つかってよかった。子供とはいえ、あの年ごろは難しいからな」

「でも、ほんと無事でよかったです」

「それにしてもお夏の勘はすごいじゃないか。お夏がいなかったら、まだ捜しまわっていたかもしれないのだからな」

金三郎に褒められた夏は照れた。

「そうね、お夏の勘はたいしたものよ」

夏はまた照れた。

「勘ではないわ。あの湊垂れが隠れ家のことをあたしに教えていたから、思い出しただけよ」

「謙遜するお夏はなかなか可愛い。さ、おれはこれで去《い》ぬことにする」

「金さん、お茶でも……」

そういう千早に、金三郎は鼻の前で手を振った。

「ちょいと軽く引っかけて帰るからいい。それじゃまたな」

金三郎はそのまま店を出ていった。

可愛いといわれた夏は、頰を火照《ほて》らして喜んでいたが、金三郎が目の前から消えてしまうと、急に淋しさを覚えた。

「姉さん、あたしちょっと金さんに相談があるから出かけてくる」

居間に戻りかけた千早に声をかけた夏は、そのまま店を飛びだした。

「金さん、ちょっと待って……」

しばらく行ったところで呼びかけると、金三郎が振り返った。

「どうした」

「ちょっと話があるの。少しぐらい付き合ってくれるでしょ」

「ふむ。それなら酌をしてもらうか」

金三郎はくるっと背を向けて夜道を歩いた。夏はその後ろ姿を見ながら歩く。肩肘《かたひじ》を張ったところのない金三郎は、いつも自然で気さくだ。侍にありがちな堅苦しさがない。いつも飄然《ひょうぜん》としていて、人をつつむ暖かさを感じる。それでいて剣の腕は並ではないから、男としての魅力が引き立つのだ。

「さあ、やるか」

神田旅籠《はたご》町にある居酒屋の入れ込みに座り、酒が届くと、金三郎が盃《さかずき》をあげた。夏は浮き立った気持ちで酌をしてやりながら、金三郎をちらりと見た。うっすらと生えた無精髯がいい。頬ずりをされたら、どうかしらと、夏は勝手に想像する。

「おまえさんもまいるか……」

金三郎が勧めるので、夏も盃を掲げた。あまり強くないが、酒は嫌いではない。

「それで、話とは何だ？」

一口酒を飲んでから金三郎が聞いた。

「その、前から聞きたかったんだけど、金さんには好きな人いないの？」

金三郎はぷっと、噴き出しそうになった。

「おいおい、いきなりなんだ」

「どうなの……」

「どうなのって、そりゃいないことはないが、これといった女はおらぬ」

「心に決めた人がいないということ」

「そうだな。そんなことを聞いてどうする？」

「いいから、答えて。それじゃどんな女の人が好きなの？」

「どんな人って……困ったことを聞きやがる」

「やっぱりきれいな人がいいわよね。千早姉さんのように……」

夏はそういって注意深く金三郎を見つめた。だが、にやにや笑っている金三郎の心の内は読めない。

「千早さんはたしかにきれいな女だ。女としては申し分ない。だがよ、お夏。おまえだって捨てたもんじゃない」

「あら、どんなところが……」

金三郎は手酌で酒をつぎ足して、夏をすがめるように見た。その目に、夏はどきりとする。金三郎のやさしげな眼差《まなざ》しが好きなのだ。

「いっておくが、女の値打ちっていうのは、見た目の善《よ》し悪《あ》しで決まるもんじゃない。そりゃ器量は悪いよりいいほうがいいだろうが、ほんとのところはその人の心のあり方だ」

「心の……あり方……」

「そうだ。人を誤魔化さない素直な気持ちとでもいえばよいか。それから、男も女も我慢が大事だ。いやなことがあっても、少しの我慢で丸く収まることは多々ある。なんでもかんでも、はっきりいってしまえばいいってものじゃない。ときにはいいたいことをいわず黙って耐えるということも大事だ。それを奥ゆかしいという。また、そういうことを悟っている品のある、卑しくない女を、いい女というのだ。見た目だけでは、女の値打ちは決められぬ」

「はあ……そうなんだ……」

「おまえさんもそういう女になりな」

金三郎はさらりといって、器用に箸で煮豆をつまんで口に放り込んだ。

「あたしがそんな女になったら、金さんは好きになってくれる」

「何をいってやがる。おまえのことはいまでも好きだ」

夏は一瞬にして天にも昇る気持ちになった。頭がボーッとしてきて、体がかっかと熱くなってきた。

「千早さんも好きだ」

付け足された言葉に、夏の火照りが急激に冷めていった。

「姉さんのことは聞いてないでしょ」

ぷいと、頬をふくらましていうと、

「そんなところが愛《う》いのだよ」

と、金三郎は楽しそうに笑った。まったくつかみどころのない男である。

五

柳橋で猪牙《ちょき》を仕立てた仁七は、山谷堀に入った舟着場で舟を降りて、日本堤にあがった。ふっと、息をつき暗い土手道の先を眺めた。松並木のある道は月明かりに白く浮かんでいる。提灯を持った男や駕籠《かご》が、吉原のほうへ向かっていた。

「くそ、あの女」

吐き捨てた仁七は、足許にペッとつばを吐いて歩きだした。

吉原まで八町だが、その間にあれこれといい訳《いいわけ》を考えなければならなかった。それにしても、お夕が舟から大川に飛び込むなんて思いもしなかった。まんまと逃げたのか、それとも流されて溺れ死んだのかわからない。

とにかく手を尽くして捜してみたが、お夕は見つからなかった。大川の河口まで行き、死体が浮かんでいるかどうか調べなければならなかったが、すでに日が暮れていたので、船頭は海に入るのを嫌がった。

死体があがったかどうかは明日にまわして、浅草界隈《かいわい》の町屋を捜し歩いた。しかし、お夕はどこにもいなかった。

百両だ――。

お夕には百両の値を付けていた。すでに支払いも済ませているし、身請証文ももらっている。なにより女衒は請人になる。つまり、すべての責任は仁七が取らなければならない。女を連れてゆくことができなければ、百両という大枚を傾城屋《けいせいや》に返さなければならない。いやいや、百両ではない。

お夕が就業するまでの費用となる水金も、斡旋料もあるので、合わせると百三十両だ。大金である。そんな金をいちどきに返すことはできない。

だが、何とかしなければならない。傾城屋と一口でいっても、裏には恐ろしい男たちがうごめいている。人の命など虫けらと同じだと思っている闇の用心棒だ。吉原ではかなくも沈んだ女郎の始末もそんな男たちがやっている。

女衒がもっとも恐れるのは、町奉行所の同心たちではない。傾城屋の裏にひそんでいるそんな男たちだ。

すれ違う吉原雀も、自分を追い越してゆく駕籠も、仁七の目に入っていなかった。土手ではさかんに虫たちが鳴いているが、それも耳に入らなかった。

始末をつけなければならない。明日はお夕を連れて行く約束になっているが、その前に手を打っておく必要があった。

仁七はお夕に逃げられた怒りと同時に、へたをすれば自分の身が危うくなるという恐怖にも怯《おび》えていた。

吉原に向かうのに、こんなに足が重くなったことはない。吉原が近づくにつれ、葦《よし》簀《ず》張りの茶店が増える。安い酒をきこしめる客が立ち寄るところだ。

見返り柳が提灯の明かりに浮かんだ。どうすべきかと、あれこれと考えをめぐらす。曲がりくねった衣紋《えもん》坂を下りてゆくと、大門がでんと構えている。左側に町方の立ち寄る番屋がある。右側に四郎兵衛会所がある。この会所には廓《くるわ》内で喧嘩などの取締りをやる男たちが詰めている。そのなかの知った顔が、仁七を見て、にやりと笑った。

仁七は目顔で応じたが、頬が引きつりそうになった。とにかく大門をくぐって、廓内に入った。江戸市中とは違う、華やいだ町がそこに現れる。通りには三味《しゃみ》や鼓や笛の音がこぼれ、歌い騒ぐ男や女郎たちの嬌声が聞こえる。

仲ノ町の目抜き通りは、明るい提灯で煌々《こうこう》としている。引手茶屋から妓楼に案内される男たちがいれば、宴席に入っていく女郎と幇間《ほうかん》の姿もあった。

大門から突き当たりまで百三十五間。その一本道の左右に通りがある。大門から順に、江戸町一丁目と二丁目、揚屋町、角町、京町一丁目と二丁目となる。いずれの通りにも妓楼の張見世《はりみせ》が並んでおり、客が格子越しに女郎たちを物色している。

仁七は江戸町一丁目にある湊屋に入った。表からではなく裏からである。使用人の男がすぐそばにいた。おとなしい顔をして、卑屈に腰を低めるが、この使用人もいざとなると怖い存在である。

「角兵衛の旦那に取り次いでくれ」

使用人はただうなずいただけで、暗い廊下の奥に消え、すぐに戻ってきた。

「帳場に来てくださいとのことです」

表の帳場ではない。裏の帳場である。

「これはこれは仁七さん、早いお着きではないか。約束は明日のはずだったが。まあ、いいからそこへお座りなさい」

仁七を迎える角兵衛はにこやかだ。地味な滝縞を着流しているが、献上帯には柄に意匠を凝らした扇子と、黒漆塗りの煙草入れと印籠《いんろう》を挟み込んである。

「それで女を連れてきたのかえ？」

角兵衛は自慢の銀煙管をつかんで、やわらかな眼差しを向ける。だが、その目には隙《すき》のない光がある。

「それがちょいと困ったことになりまして」

仁七は頭を下げて、角兵衛のそばに積んである水揚帳を眺めた。部屋は四畳半という狭さだ。角兵衛は火の入っていない長火鉢の猫板に、肘をついていた。

「困ったこととは……」

「へえ、女が風邪をこじらせちまって、連れてくることがかなわなくなったんです。いえ、だからといって連れてこないというのではありません。熱が下がって元気になれば、ちゃんと連れてまいりますので……」

「ふむ、それは可哀想に。しかし、おまえさんも律儀にそんなことをいいに戻ってきたのかい」

「約束は明日です。顔だけでも見せて、事情《わけ》を話しておくのは筋ですから」

「その気持ちがあんたって男を上げるというものだ。そうかい、それじゃしかたあるまいが、いつになればそのお夕と申したか、その子に会えるかね」

「医者は熱がひどいので、五日はかかるだろうといっております。場合によっちゃもう二、三日かかるかもしれないとのことで……」

「そんなにひどいのかね。ま、それなら大事を取ってもらって十日ばかり待つことにしようではないか」

「ありがとう存じます。そうしていただければ助かります」

「それじゃ水金がかかるね」

角兵衛は少ししぶい顔になった。仁七はとっさに、手をあげて制した。

「いや、旦那。お夕が風邪を引いたのは、あっしの不始末と同じです。水金はたんといただいておりますので、もう無用でございます」

「そうかい。まあ、おまえさんがそういうならいいのだが……」

角兵衛は懐《ふところ》の財布をつかもうとした手を抜いた。

「とにかくそんなわけですので、もうしばらくお待ちください」

「わかったよ。わざわざご苦労であったね。それじゃ十日ほど待つけど、よろしく頼んだからね」

仁七は深々と頭を下げると、逃げるように帳場を出た。ひとまず口実は通った。あとは、仲間を集めるだけである。

表に出た仁七は、女衒仲間に会うために表情を引き締めた。

これが真冬だったら、とうに死んでいるかもしれない。いや、そんな冬の川に飛び込む勇気などなかっただろう。しかし、お夕は生きていた。

どこをどう歩いたのか、またここがどこなのか、吉原から遠いのか、それともすぐ近くなのかもわからなかった。

ただ、人目を忍ぶように歩きつづけていた。髷《まげ》は乱れているが、ずぶ濡れになった着物は乾きつつあった。仁七に似た男を見るたびに、心の臓が縮みあがった。だが、仁七に会うことはなかったし、追われている気配もなかった。

六

すでに夜の闇は濃くなっているが、江戸の町はいつまでもにぎやかだ。あちこちに提灯や軒行灯が点っているし、料理屋からは音曲といっしょに楽しげな声が聞こえてくる。

お夕は柳の多い土手道を歩いていた。土手下には大川より小さな川が流れていた。提灯を吊した猪牙舟がゆっくり下っていった。

仲のよさそうな男女が道の先を歩いている。お夕は水を飲みたいと思った。腹も空《す》いていた。しかし、金は一文も持っていなかった。

水はないかしら……。どこかに井戸があるはずだが、見つけることができない。蕨の田舎だったら、その辺にある家の井戸を使わせてもらうこともできるし、村にはいくつかの泉もあった。

それにしても、お夕は疲れていた。水も食べ物もほしいが、その前にひと寝入りしたかった。体がふらふらで、頭までぼうっとしていた。

川の向こうにはにぎやかな町がある。たくさんの商家や家が並んでいる。土手道のほうにも、たくさんの家はあるが、料理屋の明かりは思い出したようにしかない。わりと静かで、行き交う人の数も少ない。

人の多い道は避けなければならなかった。どこで仁七に出会うかわからない。そのときのことを思うと、怖くてしかたがなかった。

急に土手が途切れた。お夕は背後を振り返った。遠くで提灯の明かりが揺れている。その提灯に追われるようにお夕は足を進めた。

「あっ」

小さな悲鳴を漏らしたお夕は、前のめりに倒れた。段差に気づかずに、足を踏み外してしまったのだ。両手で体を起こして、ゆっくり立ちあがった。着物は汚れ放題であるが、泥を払う気にもならなかった。

しばらく行くと、広い場所があった。近くに門のある橋があり、番所があった。表に立っている番人はいなかったが、自分のことが手配されているのではないかと思って、お夕はうつむいて急ぎ足で通りすぎた。すると、また橋があった。

お夕はまわりを見まわしてから橋を渡った。渡ってからどっちに行こうか迷った。それより、少し休もうと思い、川沿いの道を戻る恰好で歩いた。大きく息を吸って吐き、柳の下に置かれた縁台に腰をおろした。

そのまま膝《ひざ》を抱えてじっとしていた。秋虫がどこかで鳴いている。田舎の虫と同じ鳴き方だ。どうでもいいことを考えて、よく助かったといまさらながら自分に感心した。運がよいのかもしれないが、必死だった。川に飛び込んで息のつづくかぎりもぐりつづけた。苦しくなって川面に浮かんで、すぐにもぐりなおした。つぎに浮かびあがったとき、そばに舟があった。

仁七の乗っている舟だったらこれで万事休すだと思ったが、そうではなかった。その舟は川の流れにまかせて下っていた。お夕は船頭に見つからないように舟の艫《とも》にしがみついた。そのまま舟といっしょに下って、適当なところでまた泳いだ。

岸辺に着いてしばらくは、動くことができなかった。そのあとはずぶ濡れのまま、江戸の町を彷徨《さまよ》い歩いた。

これからどうすればいいかしらと思ったが、もう深く考えることはできなかった。とにかく安心できるところまで行かなければならない。

お夕は大きく息を吐いて、立ちあがった。くらっと眩暈《めまい》がして、よろけてしまった。それでも何とか足を踏ん張ってこらえた。頭が朦朧《もうろう》としてきた。町屋の明かりが揺らいで見えた。歩かなければならないが、地に足がついていないのが自分でもわかった。

ああ、倒れてしまう。

そう思う端から、目の前が真っ暗になりすうっと意識が途切れた。

それからどれくらいがたってからだろうか、誰かの声がそばでしていた。

女の声だ。

「しっかりおし。大丈夫？」

女は声をかけながらお夕の肩を揺すっていた。目をゆっくり開けると、若い女が自分を見下ろしていた。少し酒の匂いがした。

「気づいたのね。さあ、手を貸してあげるから」

女はそういってお夕の脇の下に腕を入れて、立ちあがらせた。

第二章　ふじ屋

一

戸をガラリと開けると、帳場に座っていた千早が、夏と若い女を見て目をしばたたいた。

「どうしたの……その子……」

「すぐそこで倒れていたのよ。放っておけないでしょ。見て、着物は泥だらけよ。髷もぐちゃぐちゃ。とにかく、そこに腰をおろして……」

夏は助けた女を上がり框《かまち》に腰掛けさせた。

「姉さん、水くれる。喉がカラカラでさ。お酒飲むとどうして喉が渇くのかしら」

「あんた、ね……」

千早が目を険しくしたとき、

「み、水を……」

と、女が蚊の鳴くような声を漏らした。

「ほら、この子もいってるでしょ。ほら、姉さん」

「水ぐらい自分で飲みに行けばいいでしょう」

「あたしじゃないわよ。この子にまずは飲ませてあげなきゃならないじゃない。それにあたしは、この子の介抱もあるし」

千早はキッとした目で夏をにらんで、台所に行って水を持ってきた。その間に、夏は女の着物の汚れを拭《ふ》いてやり、どうしてこんなことになったのだとか、名は何というう、家はどこだと、とりあえず聞くだけのことを聞いていた。

女は千早から受け取った水を、喉を鳴らして飲んだ。

「お夕ちゃんというらしいわ。家は遠いところだって……」

夏はうまそうに水を飲むお夕を見ながら、千早に教えた。

「どうしてこんなことに……」

千早はお夕をのぞき込むように見た。

「…………いろいろと、わけがあるんです」

「それはそうでしょうけれど、家はどこなの？」

お夕はうつむいたまま、黙り込んだ。夏と千早は顔を見合わせた。

「とにかく着替えをしたほうがいいわ。あたしの浴衣《ゆかた》を貸してあげるから待ってて」

夏はそういって寝間に入り、浴衣を持って戻ってきた。

「お夕ちゃん、居間のほうに移ろう。何やらわけありのようだから、そっちでお話ししましょう」

居間に移ると、お夕は着替えにかかった。汚れた黄八丈の着物を脱ぎ、襦袢《じゅばん》の紐をほどいて肩から落として、腰巻きひとつになる。

はっと、夏は息を呑んだ。

女ながら、その体つきに見惚《みと》れてしまいそうだった。初々しいすべやかな肌に、お椀形にこんもりふくらんだ乳房、贅肉ひとつないくびれ腰、ほどよい肉置きのある尻から、すらりとした足がまっすぐ伸びている。

夏が目をぱちくりしている間に、お夕は着替えを終え、膝を揃《そろ》えて座り、頭を下げた。

「ご親切ありがとうございます」

「いいのよ気にしなくて。困ったときはお互い様というのが世の常ですからね。それでおうちはどこなの？」

千早がさっきと同じことを聞いた。

「…………」

「いいたくないのね。それじゃ聞かないわ。でも、いまいくつ？」

「……十六です」

お夕はそういって、乱れた髪を手櫛《てぐし》で整えた。

「どこで泥だらけになってしまったの？　今日は天気もそう悪くなかったはずだけど」

「……川に落ちてしまって……それで……」

「川に……」

夏と千早は、また顔を見合わせた。

「お夕ちゃん、あんた江戸の子じゃないんでしょ。何となくそんな気がするけど、家出でもしてきたの。もし、そうなら早く家に帰るべきよ。親あっての子っていうじゃない。もし帰りづらいんだったら送っていってあげるわよ。ねえ、姉さん」

「そ、そうね」

「……家は蕨です」

「蕨って……どこ？」

「中山道の蕨のことかしら……」

夏はお夕から千早に目を向けた。

千早が問うと、お夕はそうだと、うなずいた。

「蕨から江戸にひとりで来たの？」

「…………」

また、お夕は黙り込んだ。

「お夕ちゃん、お腹空《なか》いてない。空いてるんだったら、ちゃちゃちゃっとあたしが茶漬けでもなんでも作ってあげるわ」

お夕は顔をあげ、「お願いできますか」と、遠慮がちに請うた。

早速、夏が台所に立って、お茶漬けを作りはじめると、そばに千早がやってきた。

「お夕ちゃんのこと心配だけど、あんた酒臭いわ。いったい金さんとなんの話をしてきたの？」

「あら、気になる」

夏は顔を千早に向け、自慢そうに微笑《ほほえ》んだ。

「気にはならないけど、お酒控えなさい」

「うふ、やせ我慢して。あたしと金さんの仲を疑ってるんじゃないの」

「馬鹿いわないでよ」

「でも、金さん、あたしのこと好きだといってくれたわ」

千早の目が一瞬固まった。

「ほんとよ。でも、姉さんのことも好きだってさ。悔しいけど、金さんてつくづくいい男よね。あたし、金さんに惚れなおしちゃったわ」

「惚れるのは勝手だけど、迷惑かけちゃだめよ」

「迷惑だなんてそんなことしないわよ。……邪魔よ姉さん」

尻を振って千早を押しのけた夏は、飯の上に梅干しと佃煮をのせて、さらっとお湯をかけて茶漬けを作った。

お夕は茶漬けをうまそうに食べたあとで、

「ご親切、ありがとうございます」

と、両手をついて丁寧に頭を下げた。

「いいのよ。ここは遠慮するようなところじゃないから」

夏がにっこり笑ってみせると、

「はい。なんだか生きた心地になりました」

と、お夕は少し気持ちをほぐしたようだった。

「今日は遅いから泊まってらっしゃいな。それで、明日は家に帰るのよ。きっとご両親が心配なさっているわ」

千早のやさしい言葉に、お夕の目の縁が赤くなった。唇を噛んで、泣きそうな顔になったと思ったら、大粒の涙が頬をつたった。

「わたし……売られてきたんです」

そういって、お夕はしゃくりあげた。

二

お夕は泣きながら、女衒に連れられて江戸に来たことや、舟から大川に飛び込んだことを打ち明けた。そんなことを話しているうちに、少しずつお夕は落ち着きを取り戻していった。

「わたしの家は種油を商《あきな》っていたんですけれど、おとっつぁんの遊び癖がなおらずに借金を抱えてしまったんです。そんなことで、積問屋《つみどんや》の信用もなくして、取引先が次第に減ってゆき、ついに商売が立ち行かなくなってしまい……」

お夕はぐすっと、洟をすすって言葉を呑んだ。

「積問屋って……」

夏が目をぱちくりさせる。

「蕨あたりの商家は積問屋の世話を受けなければ、商売にならないんです。お百姓さんも野菜や米を出荷するときには同じように、積問屋の世話になるんです」

「……へえ、そうなの」

夏はわかったような、わからないような顔をした。

「でも、お夕ちゃん。あなた、百両の値がつけられたのよね。そのお金はご実家のほうで戴《いただ》いているの……」

千早はお夕をまっすぐ見て聞いた。

行灯の明かりが、お夕の初々しい頰を染めていた。

「仁七という女衒が、きっちり払ったというのを聞いていますから……」

「そう、それにしても……」

千早は腕を組んだ。

おそらくこのままではすまないはずだ。お夕にもわかっていることだろうが、一度取引が成立した以上、それを反古《ほご》にすることはできない。女衒は身請証文に請け人として連判もしているはずだ。

金を出すのは傾城屋だろうが、女衒も買った女に逃げられて黙っているわけがない。悪くすれば、お夕は傾城屋と女衒から追われることになる。うまく逃げたとしても、お夕の親は無事ではすまないだろう。

「姉さん。どうしたのよ」

夏の声で、千早は組んでいた腕をほどいて、小さくうなった。

「お夕ちゃんはいやで逃げたんだから、このまま蕨の家に送り届けてあげましょうよ」

考え込む千早に夏が言葉を重ねた。

「そうはいかないわ」

「どうして……あたしも逃げたわよ。もっとも吉原じゃなかったけど」

「どういうことです？」

お夕が夏を見た。

「あたしさ、手っ取り早く金儲けしようと思って、深川の岡場所ではたらいたことがあるの」

「……そうなんですか」

お夕は目を丸くした。

「でもね、いざとなったらすごくいやになったの。だってそうでしょ。相手は見も知らない気色《きしょく》の悪い男よ。そんな男と毎晩毎晩付き合いきれる？　あたしは最初の客でいやになって、それでその客を突き飛ばして逃げたの。あたしが馬鹿だったんだけど、お夕ちゃんが吉原を嫌がるのは、よくわかるわ」

「お夏、あんたは身売りされたのじゃなかった。自分から妓楼にはたらきに行ったのだったわね。そこにお金のやり取りはなかった。そうよね」

「ま、そうね」

「女衒に買われたわけでもない。だけど、お夕ちゃんは違う。江戸一番の遊廓吉原に売られたのよ。そこには女衒や傾城屋が入っている。そして、大金がからんでいるのよ。お夕ちゃんが嫌がるのは、もちろんわたしにもわかるわ。でもね、女衒や傾城屋はただお金を払っただけで、何も得るものがない。大金をどぶに捨てたようなものよ。一文二文のお金だったら、あきらめがつくでしょうけれど、そうじゃない」

「それじゃ、どうすれば……」

夏はそういって、暗い顔でうつむいたお夕を眺めた。千早もお夕を見て、唇を噛んだ。

「酷ないい方だけれど、お夕ちゃん」

「はい」

「吉原に行く気はないの」

はっと顔をあげたお夕は、まばたきもせず千早を見つめた。

「あなたはそれなりの覚悟をしたのではなくて……。だから親の勧めにもしたがった。そうだわね」

「……はい」

「このままでは無事にすまないわ。あなたは逃げまわることはできるかもしれない。

でも、ご両親はどうなるかしら。傾城屋は黙っていないわよ」

　お夕の顔が凍りついたようにこわばった。

「悪く取られては困るけれど、丸く収めるためには、あなたを買った傾城屋に行くべきだと思うの。それはつらいことでしょうけど、他に取る道はないのではないかしら」

「姉さん、お金を返せばいいじゃない」

　夏が一膝進めていった。

「百両よ。でも、その他にもお金がかかっているはずだから、百両じゃきっと利かないでしょう。それに、傾城屋もお金を戻してもらったからといって、おとなしく引き下がるとは思えないわ」

「それじゃ姉さんは、お夕ちゃんに吉原へ行けというの」

「……それが無難だといっているだけよ」

　重苦しい沈黙が下りた。

　秋虫の声が聞こえる。

　お夕は、何度も苦しそうなため息をついた。

「どうしてもいやなの?」

ずいぶんたってから、千早は訊《たず》ねてみた。お夕はか細い声で、はいと、いった。

「面倒なことになるのよ」

「……あの、わたしも一度はあきらめたんです。でも、あとでいろいろ考えているうちに、やっぱり我慢できなくなったんです。誓った人のためにも……わたし、わたし……」

お夕はそういって大粒の涙をこぼした。

「誓った人……それは……」

千早の問いかけに、お夕は居ずまいを正して話しはじめた。

三

お夕は種油を商う岡田屋平左衛門の長女として生まれ、何不自由なく育った。父平左衛門と母きよは、お夕の他に子を授からなかったせいか、お夕をまるで殿様の子女のような育て方をした。

おまけに家の商売はうまくいっており、当初蕨宿の外れにあった店を、宿場の中心である中町に構えるまでになった。

「お夕ちゃんは、まるでお姫様だね」

と、いわれることは一度や二度ではなかった。

近所の商家や裕福な百姓の娘も着ることのできない高価な着物をあてがわれ、髪飾りの簪《かんざし》や笄《こうがい》も近所のおかみ連中が羨《うらや》ましがるほどだった。すり切れた下駄や草履をはくこともなかった。まさに蝶よ花よと育てられたのだった。

しかし、お夕の幸せは長続きしなかった。

父平左衛門が女に狂いはじめたのが、そもそものはじまりだった。それはお夕が十歳になるかならないかのころで、両親の諍《いさか》いも絶えなくなった。

平左衛門はそれまで目に入れても痛くないほどの可愛がり方をしていたお夕にも、あたるようになった。

「おまえが男だったら、どれほどおれは安心できただろうか……」

そんなことを口にするようになったのだ。

母のおきよにも、

「おとっつぁんがだらしないから、店は商売上がったりだ。お夕、あんたも明日から店の手伝いをするんだよ」

と、強く命令されて、朝から晩まで働かされることになった。

お夕は親の言葉に素直にしたがった。それまで高価できれいな着物を着ていたが、いつしか継ぎのあたった古着となった。

しかし、お夕はそのことをむしろ喜んだ。それまで自分を避けるようにしていた近所の子供たちが、声をかけてくれるようになったからだ。

お夕は同じ身なりになったために、親しみを持たれるということを、幼心にも理解した。

蕨は浦和や大宮より大きな宿場ではあったが、所詮《しょせん》は田舎の村にほかならなかった。田舎の者は僻《ひが》み根性が強いので、江戸からやってきた人間に憧れる一方で、江戸者を侮蔑していた。

「江戸者がえらそうに何をいいやがる」

と、あからさまなことをいう大人は少なくなかったし、まわりの人間も、

「田舎に住んでる者は、田舎にあった振る舞いをしてりゃいいんだ」

と、口を揃えていった。

自然、子供たちにもその考えは植えつけられ、まるで江戸に住まうお姫様のように育てられたお夕は、ある意味疎外されていたのだった。

そんなことをひしひしと感じていたのだが、家の商売が思いどおりにいかなくなり、お夕の髪や着物が粗末になると、それまで敬遠していたまわりの視線が同情に似たものに変わったのだ。

「お夕ちゃんも苦労するな」

近所の大人にそんなことをいわれ、飴《あめ》をもらったこともある。

大人や子供を問わず、お夕への風当たりはよくなった。だが、家のなかは平穏ではなかった。商売が苦しくなっても、父親は女を作っては騙《だま》され、金を無心されつづけた。

そんなことで両親の夫婦喧嘩は日常茶飯事となった。父親が仕事を投げだして、幾日も帰ってこないこともたびたびだった。そんなとき、お夕は母親の仕事の手伝いをした。雇っていた奉公人は、ひとり減りまたひとりと減ってゆき、ついには誰もいなくなった。

売り上げは伸びず、商いは苦しくなっていくばかりだった。それでも父平左衛門は商売の立てなおしには頓着せず、女だけでなく博奕《ばくち》にものめり込んだ。

そうなると坂道を転がるようなもので、母親とお夕がどんなに頑張っても、商売がよくなるはずがなかった。

二年後、父親は入れ込んだ女と手を切り、店に戻ってきて働きはじめたが、博奕で作った借金の返済に追われることになった。

それまでの不埒《ふらち》な行動を反省した父親は、一からやり直すと母親に詫びて、商売再建を誓い、夫婦は元の鞘《さや》に納まったが、今度は泣き面《つら》に蜂《はち》で、蕨宿を仕切っている積問屋から見放され、商売のめどが立たなくなってしまった。

それでも一家三人は、細々とながら商売立てなおしに汗を流した。

お夕が佐吉と知り合ったのは、そんなころだった。佐吉は戸田河岸を仕切る名主吉川左兵衛の長男で、川会所に詰める小役人だった。

先に声をかけてきたのは佐吉だった。

「あんた、いつも大変そうだね」

ふいの声にお夕が顔をあげると、佐吉は驚いたように目をしばたたいた。

「なんだ、ずいぶん若い子だったんだ。てっきり油屋のおばさんだと思っていたのに。

あ、いやすまねえ」

　お夕はいつも頰被りをし、菅笠を目深《まぶか》に被っていたから顔が見えなかったのだ。腰を曲げて大八車を引くので、佐吉はてっきり年増の女だと思っていたようだ。

「いいえ、気にしないでください」

「どこから来ているんだい？」

「蕨です」

「……大変だろうが、精を出すのは悪くない。どれ、ちょいと手伝ってやろう」

　佐吉は親切にも河岸場まで大八車を押して、荷舟への積み込みまで手伝ってくれた。それがきっかけになって、二人は言葉を交わすようになった。

　ときに佐吉はお夕を待つようになり、水や饅頭《まんじゅう》などの差し入れをするようにもなった。お夕も親切を受けてばかりでは申し訳ないので、にぎり飯や手作りの卵焼きなどを持っていくようになった。

　そんな差し入れを持っていくとき、お夕の胸は高鳴った。重い大八車もいつもより軽く感じられた。また、佐吉も熱い眼差しをお夕に向けるようになった。

　互いに「佐吉さん」「お夕ちゃん」と呼び合うようになるのに時間はかからなかっ

た。佐吉が十八だというのもお夕は知った。

「おれはてっきり油屋の奉公人だと思った。へえ、それじゃ跡取り娘というわけだ」

お夕が実家のことを話すと、佐吉は驚いてそんなことをいった。

家の商売がなかなか思うようにいっていないことを打ち明けると、佐吉は頼もしいことをいってくれた。

「どこまでできるかわからないが、口を利いてやろう。おれも川会所で働いている手前、江戸の商人には多少顔が利くし、父親は河岸場の名主だからなんとか取引を増やせるはずだ」

願ってもないことだった。

数日すると、佐吉は三軒の油の仲買問屋を紹介してくれた。

そんなことで、二人の繋《つな》がりは自然と強いものになった。

ある日、佐吉が店を訪ねてきて、どこかで話ができないかといった。

「相談があってね」

佐吉は頬を赤くしてはにかんだ。

店からほどないところに八幡社があり、二人は境内《けいだい》に入ると、肩を並べて石段に腰をおろした。日が西に傾いていて、空に浮かぶ雲が茜色《あかねいろ》に染まっていた。

佐吉は相談があるといっておきながら、なかなか用件を切り出さなかった。

「どうしたの？」

お夕が切り出せないでいる佐吉に顔を向けると、さっと佐吉が体を向けて、手を握ってきた。驚いて手を引こうとしたが、佐吉は強く握って放さなかった。

「おれといっしょになってくれないか」

佐吉はすんだ瞳をきらきら輝かせて、言葉を重ねた。

「おれの女房になってほしい。正直に打ち明けると、最初声をかけたときから、お夕ちゃんのことを忘れられなくなったんだ」

思いもしなかった申し出に、お夕は戸惑った。だが、嬉しさで胸は熱くなっていた。

「だめかい？……だめならだめだと、はっきりいってくれ。おれも男だ。だめなら潔くあきらめることにする」

お夕は佐吉の手に自分のを重ねた。皮膚を通して佐吉の温《ぬく》もりを感じた。

「……佐吉さんが望まれるなら、わたしには異存ありません」

そう答えると、佐吉の顔に笑みが広がった。

四

「でも、わたしたちの望みは叶《かな》わなくなりました。佐吉さんの申し出を受けてから三日後に、仁七という女衒がわたしを買いに来たんです」

お夕は話をそう結んで、ぽろっと目の縁から涙をこぼした。

千早はしばらく黙り込んでいた。ぬるくなった茶を飲み、うなだれているお夕に顔を戻した。

「……佐吉さんといっしょになりたいという思いは、いまも変わらないのね」

お夕の顔がゆっくりあがった。それから静かにうなずいた。

「佐吉さんは、お夕ちゃんが身売りされたことを知っているの？」

お夕は首を横に振って、教えていないといったあとで言葉を足した。

「……でも、もう知っているのかもしれません。わたしが女衒の舟に乗ったとき、佐吉さんが渡船場にやってきたので」

「会ったの？」

「あの人はわたしを捜しているようでしたけれど、わたしは声をかけることができませんでした」

　そういったお夕の目から、新たな涙がこぼれた。

「……家のほうはどうなっているのかしら」

「それは……よくわかりません。店は借金の形《かた》になっていたし……百両の金も借金の返済でなくなっているはずですから……」

「ご両親の住まいは、ないということ？」

　お夕はわからないといった。

「姉さん、何を聞いてるのよ。お夕ちゃんは佐吉さんといっしょになりたいけど、それより女郎になるのがいやなのよ。そうよね、お夕ちゃん」

　夏が怒気を含んだ声でいった。

　その言葉がまたお夕の胸に応えたのか、顔をゆがめて、

「わたし、女郎になんかなりたくない。なりたくないんです」

と、今度は突っ伏して、背中を波打たせながら泣きはじめた。

　千早はたしかに夏のいうとおりだと思った。

　女郎になろうなんて思う女はいないはずだ。好きな男といっしょになって、貧しく

てもいいから幸せな家庭を築きたいはずだ。体を売るという屈辱は、経験がなくてもわかる。しかし、金の受け渡し前ならともかく、お夕は買われた身である。もう普通の女ではないのだ。そこが頭を悩ませるところだった。

「お夏、お夕ちゃんは疲れていると思うの。先に横になってもらったほうがいいわ」

「じゃあ、お布団敷いてあげよう。でも、どうするの？」

「明日、金さんに相談してみるわ」

「……そうね、金さんだったら何かいい知恵を貸してくれるかもしれないわね」

夏が布団を敷きにいくと、千早はお夕に声をかけた。

「お夕ちゃん、ゆっくり考えることよ。よくわかっているとは思うけど、これはあなた次第なんですからね」

「……はい」

お夕は泣き濡れた顔をあげて、小さく返事をした。

お夕は夜具に身を横たえたが、なかなか眠ることができなかった。思えば長い一日だった。両親に見送られて、家を出てから女衒からどうやって逃げようかと、そのことばかり考えていた。

その反面、あきらめもあった。自分が苦界に身を沈めることで、両親が苦しみから逃れられる。それが娘としての唯一の親孝行なら、しかたないと考えもした。佐吉への思いもあったが、それも会わずにいれば、いつか忘れられるとも思った。

だが、江戸の町を目《ま》の当たりにしたとき、いよいよ自分は女郎になるのだということに耐えられなくなった。吉原がどんなところかよく知らないが、このまま死んでもいいから、自分のために生きたいという衝動を抑えられなくなった。

……そうよ、わたしは自分のために生きたい。

暗い天井を見つめながら胸の内で繰り返した。あわい行灯の明かりが枕許にあった。どこかで虫の声がする。

お夕は細いため息をついた。これまで親のことを信じ、命じられるまま生きてきた。自分を育てた親だからだと、素直でいい娘のように振る舞いつづけてきた。

母親は稼業が順調なときは人形のように自分を着飾らせ、下にも置かない扱いをして、隣近所に自慢をしていた。言葉にこそ出さなかったが、うちの子はよその子とは違うのだからと、驕《おご》り高ぶっていた。

お夕はそんな親の面子《メンツ》をつぶさないように、気の利いた娘を演じ、相手に嫌われたり敬遠されないように神経を使わなければならなかった。

しかし、見え透いたおべっかをいわれ、他人におだてられるのは苦痛だった。いやでしかたなかったが、媚びずに相手を褒めることで、自分が褒められるということを自然に覚えた。

それは、相手の短所ではなく、長所を見つけることだった。単純に容姿を褒めるのではなく、やさしさや賢さ、あるいは思いやりなどという、その人のいいところを見つけて持ちあげることだった。

「お夕は、おじさんと話していると楽しいわ。だっておじさん、とってもお話が上手なんだもの」

「おばさんは心があったかいから、お夕はそばにいるだけで幸せな気持ちになるの」

そんなことをいえば、たいがいの大人は気分を害することなく喜んでくれた。もちろんきれいな人や粋な人には、そのことを付け加えた。

なぜ、そんなことをしなければならなかったのだろうか？　真《まこと》に自分のためにやったことだろうか？

いいえ、お夕にはわかっていた。親のために、そうするしかなかったのだと。考えてみれば、自分の子を女郎にするような親を信じられるだろうか。そんな親を立派だといえるだろうか。困り果て、二進《にっち》も三進《さっち》もいかなくなり、苦渋の末の選択だったとしても、お夕には納得できなかった。

世間にはめずらしくないことかもしれないが、お夕は我慢がならなかった。

さっき、親切にしてくれている千早さんとお夏さんに嘘をいった。

父親のことを一方的に悪いようにいったが、もちろんそれは嘘ではなく、本当に腑《ふ》甲斐《がい》ない父親ではあったが、お夕は母親のだらしなさに、ずっと昔から腹を立てるというより悲しさを覚えていた。

母親は父親が女のところに通い詰めているとき、亭主のことを口汚く罵《ののし》る一方で、自分も同じことをしていたのだ。

亭主の留守をいいことに、男を引きずり込んで楽しんでいたのだ。お夕はその現場を何度も目撃していたが、見て見ぬふりをして、父親を罵る母親に、相槌《あいづち》を打っていた。

「そうね、おとっつぁんにしっかりしてもらわないとね」

「そうだよ。これじゃ、世間様に向ける顔がないよ」

目を引きつらせていう母親は醜かった。亭主を罵る裏で、引きずり込んだ男に猫なで声で接し、奥の間に入ってよがり声をあげていたのだ。

相手は近所の百姓や問屋場の馬子だったりと、若いというだけで何の取り得もないろくでもない男ばかりだった。

家に火をつけてしまおうかと思ったのは一度や二度ではない。母親の作り笑いを見ると、反吐《へど》が出そうになった。

その点、母親より父親のほうがまだましだった。

女に裏切られた、逃げられたと、しょぼくれて帰ってくる父親には、何度も辟易《へきえき》したが、母親より可愛げがあった。博才がないのに、今日も負けたが、いずれこれまでの分を取り返すという父親にあきれはしたが、少なくとも人間的だった。

稼業が左前になって、手伝わざるを得なくなったときも、母親のためではなく、父親のために働こうと思ったのだった。

それに、じつは佐吉のことはずっと前から知っていた。川会所にいい男がいるという噂は、近所の友達から何度も聞いていたし、どんな男なのだろうと、そっと見に行ったこともある。

店の手伝いを進んでやったのも、佐吉と話す機会を得られるかもしれないという、ひそかな思いがあったからだった。

しかし、何もかもをぶちこわしたのは、母のおきよだった。夫が女遊びをやめ、家に居着くようになると、おきよは付き合っていた男とうまく話をつけて別れた。

母親は人が変わったように、稼業を建てなおすのだという父親に賭けたのである。以前のように啀《いが》み合うこともなく、亭主に尽くすようになった。しかし、左前になった稼業再建のめどは立たず、借金返済に明け暮れる毎日となった。

父親は店を畳んで、茶店でもやろうかと弱気になった。そんなころに、お夕は佐吉と親しく話をするようになり、日に日に仲を深めていった。

佐吉は店のために取引先を紹介もしてくれたし、

「お夕ちゃん、家は大変だろうが、おれはきっとおまえさんを幸せにしてみせるからな」

と、力強いこともいってくれた。

そんな心の浮き立つようなことがあった矢先に、母親が女衒を連れてきたのだった。

お夕が女衒の前に座ったとき、もうほとんどの話はついていた。

父親は難しい顔で黙り込んだままだったが、母親は必死にお夕の説得にあたった。

「二、三年辛抱してくれないかい。そうしてくれたら、店を建てなおして、必ずおまえを連れにゆくから……」

母親の言葉は信用できなかった。

お夕は父親と同じように黙って、うつむいているしかなかった。

いまさらながら腹の立つことを思い出しているうちに、睡魔がやってきた。瞼《まぶた》が重くなると、お夕はそのまま深い眠りに落ちていった。

五

豊かな水を湛《たた》えた大川は、初秋の日射しにきらめく海に流れ込んでいる。人足寄場のある石川島の沖まで、舟を下らせた仁七は、いくつかの漁師舟に声をかけていた。

誰も死体を見た者はいないと声を揃えた。

「潮に流されると、ずっと沖まで行くことがあるからね」

と、漁師はのんびりしたことをいうが、

「死体だなんて穏やかじゃねえな。いったい何があったんだい？」

と、興味津々の目を向けてくる者もいた。

「大川に飛び込んだ身内がいるんだ」

そんなことをいうと、漁師たちも協力的になった。

しかし、必死の捜索もむなしく、お夕の死体を見つけることはできなかった。

漁師のひとりがいったように、沖に流されていれば、死体は見つからないだろう。

さらに、水に呑まれた死体は、数日後に揚がってくることもあるという。

死体が見つかれば、先に打つ手もあるが、もしまんまと逃げているとなれば、放っておくことはできない。しかも、お夕を捜す日数はかぎられている。今日を入れて九日である。その間にお夕を見つけて、湊屋に連れて行かなければならない。

もし、それができなければ、大枚百三十両を返済しなければならない。へたをすれば命を取られるかもしれない。

仁七は仕立てた舟を柳橋に向かわせた。その間も、あちこちの水面に目を光らせた。

幾艘もの舟が大川を上り下りしている。まだ、日が昇って間もないので、猪牙より荷舟が多い。平田舟に高瀬舟、水舟や肥舟もある。木場に向かう筏《いかだ》流しも見られた。

——逃がした魚は大きいとは、まさにこのことじゃねえか。

胸の内でつぶやいた仁七は、くそッと吐き捨てて、煙管に火をつけた。

鈍色に光る大川は憎らしいほど、長閑《のどか》である。荒れてささくれている仁七の胸中とは大違いだった。

お夕に初めて会ったとき、女衒の直感で、これは大物になると確信した。怯えの混ざった目ではあったが、涼やかに張った目は、申し分なかった。聡《さと》い目をしていたし、鼻筋の通りもよかった。顔の作りに似合う眉と口許も文句のつけようがなかった。

手をつかみ、二の腕を触って、すべすべとした餅肌だというのも気に入った。問題は利発であるかどうかであった。ただ、股を開いて春をひさぐだけの女郎なら掃いて捨てるほどいるが、吉原の女郎はそうはいかない。

さらに湊屋は吉原でも指折りの傾城屋である。女の面相だけで身請けするような店ではないし、主角兵衛の目を誤魔化すことはできない。

しかし、お夕は手習いにも通っていたし、読み書きも算術もできた。決して頭の悪い女ではなかった。あとは人当たりのよさだ。美人で利発であっても、陰気な女なら客受けが悪い。人あしらいがうまい女でなければならない。仕込めばいくらかは女の気質を変えることもできるが、やはり持って生まれた性質がものをいう。だが、それも近所の評判を聞いて、問題ないことがわかった。

大手を振って、それこそ鼻を高くして角兵衛に引き合わせることができた。

そんな女だっただけに、仁七は悔しくてならなかった。生きていてほしいと思うし、何がなんでも捕まえなければならない。

十六歳という年齢は、少し年を食っている感はあるが、お夕ほどの女なら湊屋一の、いやいや吉原一の女郎になれるはずだ。皮算用かもしれないが、ちょいと磨きをかければ、年に七千から八千両の水揚げのできる女だと請け合ってもいい。それだけに逃げられたことが悔やまれてならない。

柳橋の舟着場で降りると、気脈を通じた仲間の待つ船宿に足を運んだ。

降りた舟着場からほどないところにある船宿である。二階の客間に行くと二人の仲間がいた。いずれも長年いっしょに人買い稼業を生業《なりわい》にしている者たちだった。

女衒は女の目利きをするためにも、互いの情報が重要だった。商売敵ではあるが、相互扶助的な繋がりを蔑《ないがし》ろにはできない。諸国には情報を提供する手先も配している。

「どうです？」

友蔵という男が先に声をかけてきた。

仁七は友蔵と、清吉というもうひとりの仲間の前に腰を据えた。

「だめだ。……海に流されたのかもしれねえが、そうと決めつけるのは早い」

「こっちも手を打って捜してはいますが、いまのところこれといった話は聞けておりません。それにしても仁七さん、厄介なことになっちまったね」

友蔵が茶を淹《い》れてくれた。丸盆に湯呑みと急須が置かれている。

「厄介だからって悠長に構えている場合じゃねえんだ」

吐き捨てるように応じた仁七は、煙管に煙草を詰めて吸いつけると、そのまま雁首の赤い火の塊《かたまり》を凝視した。考えることはいろいろある。

目の前の二人は信用がおけるし、他に手伝ってくれている仲間も裏切るような男じゃない。問題はもっと人手がほしいということだが、これ以上人の手を増やすことはできないだろう。それならどうすべきかと、窓の外に目を向けた。憎たらしいほどの光が町屋をつつんでいる。

「お夕は蕨に帰るだろう。馬鹿な女じゃねえから、帰りの時機を見計らうはずだ。おれはその前に手を打っておかなきゃならねえ」

「そりゃそうだろう」

相槌を打つのは清吉だった。

仁七は煙管をもう一度吸いつけてから、雁首を灰吹きに打ちつけた。

「おめえさんらには悪いが、明日まで江戸でお夕捜しをやってくれねえか。おれは今日のうちに蕨に向かう。先にお夕の親にこのことを話して、手を打っておかなきゃならねえ」

「見つかったらどうする」

「蕨に武蔵屋という定宿にしている旅籠がある。そこに飛脚を走らせてくれ」

「お夕が見つからなかったら、おれたちも蕨に足を運ぶか……」

仁七は友蔵を見た。

「そうしてくれると、ありがてえ。やってくれるか」

「あんたの頼みなら、いやとはいえねえだろう。へたすりゃ、あんたの身が危ねえんだからな」

「すまねえが、頼む」

仁七は頭を下げた。このままお夕を連れて行かなかったら、傾城屋に仁義を欠いたことになる。そうなると、吉原の裏の連中が動き出す。

昨夜一晩そのことを考えた仁七は、腹をくくっていた。最悪の場合を考えて、百五十両の金を都合した。さらに、手伝ってくれる仲間への礼の金も用意した。

うまくお夕を捕まえることができれば、自分の命は助かる。大きな損失を出すことになるが、埋め合わせは難しくない。いざとなれば、これと思った女を攫《さら》って売り飛ばせばいいのだ。世間には質《たち》の悪い女郎屋がある。仲介料は値切り倒されるが、仁七の目をつけた女なら、女郎屋は喜んで受け入れる。

仁七の商売相手は吉原だけではない。江戸四宿にも深川にも、そして中山道や東海道筋の宿場にもある。

ほどなくして、浅草や本所界隈を捜していた女衒仲間が船宿の二階にやってきた。お夕を連れてくるのを、かすかに期待していたが、その様子はなかった。

「今日は目を皿にして江戸中を捜してやるよ」

嬉しいことをいうのは、女衒がどんな商売であるか、仁七にみっちり仕込まれた玄之助という男だった。

「頼む。おれもこのあたりをもう一度あたってから蕨に向かう。友蔵と清吉には話したが、先に向こうにいってお夕を見張ることにする。うまくおれの網にかかればいいが、手間がかかるかもしれねえ。お夕を見つけられないなら、おめえさんらも蕨に来てもらいたい」

「そりゃもちろんそうするさ」

玄之助が他の仲間を見て、「なあ」と、同意を求めた。

「世話をかけるが、礼はきっちりする」

仁七はそういうと、腰をあげた。

六

ふじ屋の居間に金三郎が訪ねてきたのは、ほぼ半刻ほど前だ。

その金三郎は、千早からお夕の話を聞かされていた。障子にはあわい朝の光があたっている。膝の前に置かれた湯呑みから、ほんのりと湯気が立ち昇っていた。

お夕はかしこまったようにうつむいている。

「ふむ、そういうことであったか……」

話を聞き終えた金三郎は、茶に口をつけて、お夕を眺めた。

「お夕、おまえさん、吉原に行く気はないのだな」

「ありません」

お夕はきっぱりと答えた。

「そうなると、おまえさんだけでなく、おまえさんの親御さんも無事にはすまされないぞ。それについて、何か存念でもあるか？」

お夕はうつむいて考えていた。表では雀たちが楽しげにさえずっているが、千早たちのいる居間には重い空気が立ち込めていた。

「わたしが……吉原に行けば、何の迷惑もかからないのはわかっております。でも……」

「行きたくないわよね」

夏が口を挟んだ。お夕はうなずく。

「どうしてもいやなのね」

千早はお夕の気持ちを、きちんとたしかめるために聞いた。

「女郎になんかなりたくありません」

お夕ははっきりいって、口を引き結んだ。

千早も同じ女だから、お夕の気持ちはわかるし、何とかしてやりたい。そのことを考えあぐねて、金三郎の知恵を借りようとしているのだった。

「こうなったら、じっとしちゃおれねえな」

ぽんと膝をたたいていった金三郎は、言葉を重ねた。

「女衒はおまえさんの親許に行くはずだ。どんな話になるかは、ここじゃわからぬが、おとなしい話し合いになるとは思えぬ」

お夕の顔がこわばった。金三郎はつづける。

「おまえさんは、佐吉という男といっしょになりたいのだろうが、佐吉の気持ちもたしかめなければならぬ。佐吉と契りを交わしたというが、おまえさんが吉原に売られたことを知っているなら、気が変わっているかもしれぬ」

「金さん、いいすぎ」

夏がたしなめるが、金三郎は聞かない。

「お夕は吉原に売られた女だ。契りを交わしていようが、佐吉はあきらめるしかない。いくらお夕に思いを馳せても、自分のものにはならないのだ。きついいい方かもしれぬが、それが正味な話だ。もし、佐吉と会えたとしても、容易《たやす》くは連れ添えないはずだ」

「…………」

「女衒は必死になってお前さんを捜している。佐吉といっしょになるには、その女衒の目を逃れなければならぬ。もし、見つかってしまえば佐吉も無事にはすまないだろう」

「……佐吉さんも」

お夕は心許ない声を漏らし、まばたきもせず金三郎を見た。

「これは足抜けと同じようなことだ。責めを負うのは、おまえさんだけではない。おまえさんの親御さんにも、佐吉にも火の粉が飛ぶということだ。女衒から受け取った金を返せばすむという話ではない」

千早は金三郎に来てもらってよかったと思った。金三郎の話は当を得ている。しかし、お夕の気持ちもわからないではない。

「お夕ちゃん」

千早は一膝進めた。

「あなた、佐吉さんという人がいなかったらどうしたかしら？　そのまま吉原に行ったかしら？」

「……それは」

「好きな人と添い遂げたいというのは、誰でも同じだと思うけれど、あなたはいま大変なことを起こしているのよ。それはわかる？」

　お夕は殊勝な顔でうなずいた。

「迷惑をかけているのは、よくわかります。でも、やっぱりわたしは……」

「それじゃ、もし佐吉さんがあなたといっしょになれないといったらどうするつもり？」

　お夕は、はっと目を瞠った。そのまま息を呑んだまま、しばらく考えた。

「……もし、そんなことといわれたら……吉原に行きます。……そうすれば、親にも迷惑がかからないと思うし……」

　千早は金三郎と夏を見た。

「そういうことだから、まずは佐吉さんの気持ちをたしかめましょう」

「誰が？」

　夏が目を大きくして聞く。

「そりゃ、お夕ちゃんに決まっているじゃない。わたしたちが代わりに聞いても、お夕ちゃんは納得できないでしょう」

「それはそうよね。それじゃ戸田に行かなければならないわ」

「待て」

金三郎が手をあげて制した。

「もし佐吉が、お夕の面倒を見るといったら、そのあとのことも考えなければならぬ。よいか、これは遊女の足抜けを手伝うのと同じだ。手を貸した者を、傾城屋や女衒は放ってはおかぬ。下手を打てば、おれたちの身も危なくなるということだ」

千早はいまの言葉で、金三郎が協力する気になっていることを知った。

「金さんもいっしょに行ってくれるのね」

「ここまで聞いて、おまえさんたちを放ってはおけぬだろう」

「それじゃ話は決まりね。それで戸田にはいつ行くの？」

夏が目を輝かせた。

「これからだ。もたもたしている場合じゃない」

「お夕ちゃん、そういうことよ。これから戸田に行って佐吉さんと話をするのよ。わかった」

千早は思いを決めた顔でお夕を見た。

「ご迷惑をおかけしますが、よろしくお願いいたします」

お夕は両手をついて頭を下げた。

「お夏、支度をするわよ」

千早が勇んだ顔でいえば、金三郎はおれも支度をしてくるといってふじ屋を出ていった。

お夕を連れた三人が江戸を発《た》ったのは、それから間もなくのことだった。

第三章　板橋宿

一

日本橋から板橋宿まで、およそ二里。仁七は、その宿場に入ったところだった。足を急がせたので、まだ昼八つ（午後二時）前だった。

この宿場には認可を受けた飯盛旅籠が二十八軒あるが、裏で営業している飯盛旅籠も存在した。その多くは地元の博徒が仕切っていた。女衒の仁七はそんな旅籠に、何人もの女を世話している。

「野々山さんの居所はわからねえか？」

尾張屋という飯盛旅籠に入った仁七は、玄関に現れた番頭に、挨拶も抜きでそう聞いた。

「野々山さんでしたら、山口屋のほうだと思いますが、それにしても仁七さん、久しぶりではございませんか」

「無沙汰をして悪かったな。旦那は元気かい？」

「今日は染井のほうへ植木を買いに行っておられます」

「優雅なものだ。それじゃ山口屋に行ってみよう」

尾張屋を出た仁七は、晴れ渡った空を見あげた。心の焦《あせ》りとは裏腹に、雲ひとつない抜けるような空が気持ちよく広がっている。

仁七は歩きながらもすれ違う女や、前を歩く女、あるいは後ろからやってくる女に注意の目を向けていた。板橋宿は江戸方面から順番に、平尾宿・仲宿・上宿で形成されている。盛り場は平尾宿にあり、料理屋や茶店が軒を並べている。その間に旅籠がある。

山口屋は平尾宿の外れ、東光寺の門前にあった。この料理屋は野々山が用心棒を務める茅場《かやば》の萬作という博徒の店だった。

暖簾をくぐるなり、客を待ちかまえていたらしい女中が、「いらっしゃいませ」と、声をかけてきた。仁七は無表情に、おれは客ではないと遮ってつづけた。

「野々山さんがいると聞いたんだが……」

「あ、はい。お呼びしましょうか」

　女中はかしこまった顔で応じた。

「呼んでくれ。仁七が来たといえばわかる」

　女中が店の奥に引っ込むと、すぐに野々山が姿を見せた。子持縞を着流して、無精髯を生やしている。脇差を腰に差し、手に大刀を持っていた。

「久しぶりではないか」

「ちょいと折り入って相談があるんです。聞いてもらえますか」

「相手がおぬしならいやとはいえぬだろう。なんだ？」

　野々山竜蔵は脇の下をぼりぼり掻《か》いていう。

「ちょいと表の茶店で話をします」

　仁七は往還を見張りたいので、近くの茶店に野々山をいざなった。緋毛氈《ひもうせん》の敷かれた縁台は、午後の日射しを浴びてぬくもっていた。

「他言無用で願います」

　茶が運ばれてくると、仁七はまず釘を刺した。

「よほどのことのようだな。いつになく顔色も悪い。それで、どんなことだ？」

「女に逃げられて困ってんです」

「女に……」

野々山はあきれたような顔をした。

「あっしの女じゃありません。買った女です。ほんとなら今日、吉原に連れて行かなきゃならなかったんですが……」

「ただごとじゃないな」

「へえ。正直弱っちまいました。口の固い仲間にも手伝ってもらっているんですが、まだ見つかりませんで……」

「いつのことだ？」

「逃げられたのは昨夜です」

仁七は細かい経緯を話しながらも、往還を行き交う女たちに目を光らせていた。

野々山は話を聞きながら、眉間《みけん》を揉《も》んだり、茶を飲んだりしたが、最後まで黙って耳を傾けていた。

「……へたすると、おまえ命を取られるぜ」

「わかっておりやす。ここは慎重にことを運ばないとどうなるかわかりませんで。逃げたのはお夕という滅多にお目にかかれない上玉です」

「親分の手を借りたいというのか……」

仁七は慌てたように鼻の前で手を振った。

「大袈裟《おおげさ》にしたら、どこでこのことが漏れるかしれません。ただ人の手がほしいだけです。野々山さんに一役買ってもらえれば助かるんですが……」

仁七は用心深い目を野々山に向けた。野々山竜蔵は信用のおける浪人だった。腕を見込んで茅場の萬作に紹介したのも仁七で、その他にも世話を焼いてきた。裏切るような男ではなかった。

「わかった。おまえの頼みとあらば、黙って指をくわえているわけにはまいらぬ。それで、どうすればよい」

「あっしはこれから蕨に向かいます。いっしょについて来てもらえませんか。あ、いや、もちろん、萬作一家のこともありましょうが……」

「そのことは懸念無用だ。いまのところ騒ぎやごたごたもない。ちょいと話をすりゃ親分も暇をくれるだろう」

「そうできればありがたいです」

「急ぐのか？」

「へえ、先にお夕の親と話をしておきたいんで……」

「なら、待っていろ。すぐに戻る」

野々山が去っていくと、仁七は立てつづけに茶を飲んだ。

考えるのはお夕がどうしているかである。もちろん、生きていると考えてのことだ。頭の悪い女ならまっすぐ実家に戻るはずだ。それならさしたる苦労はしないが、お夕は知恵者のはずだ。実家に戻るにしても頭を使うだろう。江戸で様子を見て、時機を窺《うかが》うかもしれない。だが、江戸にはお夕の親戚や顔見知りもいない。知己を得るとしても、それには時間がかかるだろう。

何も知らない江戸より、生まれ育った蕨に帰るはずだ。実家に顔を出さないまでも、蕨には親戚も友達もいるし、店に出入りする業者にも顔見知りがいる。

お夕はきっと蕨に戻る。仁七はそう見当をつけていた。それじゃどうやって蕨まで戻るか。舟を使うか中山道を歩いて帰るかのどちらかしかない。だが、お夕は持ち金がないはずだ。つまり、陸路で蕨に戻ると考えるのが妥当だった。

そうすると、もうこの宿場を抜けたか、それともまだなのか……。

仁七は往還に目を注いだ。お夕に似た女はいなかった。とにかく、いまはお夕の実家に先回りすべきだった。野々山竜蔵を同行させるのは、お夕捜しを手伝わせるということもあるが、お夕の両親に脅しを利かせるためでもあった。

吉原の傾城屋がどれほど怖い存在かを知らしめるには、野々山の強面《こわもて》は役に立つはずだ。その野々山が戻ってきた。

「仁七、暇は取れた。おまえのために一肌脱ごうではないか」

「恩に着ます」

仁七は縁台から立ちあがった。

二

一般的に、江戸期の旅人たちは天気さえよければ、一日におよそ十里を歩く。もっとも健常な成人男子の目安であるが、女であっても七、八里は歩く。

しかし、千早たちは先を急ぐように歩いてはいなかった。ほぼ半里ごとに休息を取りながら歩を進めていた。これは金三郎の思いやりでもあった。

「急げば疲れる。ほどよく歩けばいいのだ。戸田まで四里もないのだからな」

神田を昼前に発った一行は、夕刻には戸田に到着の予定だった。

巣鴨の六地蔵を過ぎると、だんだん民家が少なくなり、周囲の景色が寂れてきた。木立のなかでひぐらしの声がする。夏草は勢いをなくしているが、草いきれは強くなった。民家がすっかり消えると、往還の両側にただ畑が広がっているだけとなった。

「お夕ちゃん、金さんがいったように、もう後には引けないのだから、気持ちをしっかり持たなくっちゃね」

千早はお夕の気持ちが萎《な》えないように何度も励ましていた。

「よくわかっております。でも、思いもかけず親切な方に出会えたことに、何とお礼をいったらいいか、よくわからないんです」

「わたしたちのことは気にしないでいいわ。それに物事はあまり悪く考えないことね。気は持ちようっていうでしょう」

「はい」

お夕には千早の着物を着せていた。さらに頭巾で顔を曝《さら》さないようにして、深めの菅笠を被らせていた。

金三郎は脚絆《きゃはん》に草鞋《わらじ》、野袴《のばかま》に打裂羽織《ぶっさきばおり》という出《い》で立ちだが、千早たちはその辺に物見遊山にでも行くような軽装だった。着替えの荷物を夏が背負っているぐらいである。その荷もごくわずかでしかなかった。

「……千早さん、申しわけありません」

板橋宿が近づいたころ、お夕がそんなことをいった。

「気にしなくていいといってるでしょ」

「いいえ、そうではないのです。わたし……嘘をつきました」

「嘘……」

千早は隣を歩くお夕を見た。夏は先を歩く金三郎にじゃれつくようについている。

「両親のことです。昨夜は正直に話していませんでした。わたし、本当はおっかさんが憎いのです」

「…………」

「だらしないおとっつぁんより、質《たち》の悪いのがおっかさんなのです。女衒を呼んで何もかも決めてしまったのもおっかさんでした。だから、もう家のことはこのまま忘れたいと思います」

「母親のどんなところが嫌いなの？」

「それは……」

お夕はいい澱《よど》んだあとで、外に女を作った亭主の留守をいいことに、母親が男を引き込んでいたことや、自分に対する愛情に真実味がなかったことなどを話した。

「自分さえよければよいというのが、おっかさんの本性なのです。わたしは小さいときから、そのことを感じていました。稼業がうまくいっているとき、わたしを猫可愛がりしたのも、自分の見栄だったのです。まずいことがあると、すぐに掌《てのひら》を返すような人なんです」

「でも、恨んじゃだめよ」

「恨まずにはいられません」

お夕はそれまで見せたことのない気丈な目つきになって、言葉を足した。

「わたしに相談のひとつもせずに、女衒と何もかも決めてしまった人なんですよ。わたしを生んで育ててくれた親でも恨みます」

千早には返す言葉がなかった。

人の心はとかく傷つきやすい。純真で無垢《むく》なほど、その傷は深くなる。それでも人は傷つきながら大人になってゆく。だからといって、大人が子供より物事がわかっているとはいえない。ときに、親よりも子供の見る目や考え方が正しいこともある。

しかし、親は子のいうことを正当視しないばかりか、おうおうにして自分の間違った考えを押しつけてしまう。

千早はお夕のことを何もかも理解しているのではないし、どんな親なのか接してみなければわからない。お夕の一方的な話を鵜呑みにするのは危険なことだが、いまは黙って聞いてやるべきだと思った。

「もうすぐ板橋宿だ。一休みするか」

前を歩いていた金三郎が振り返った。

千早は晴れ渡っている空を見あげた。日はまだ高い。

「お夕ちゃん、少し休もうか」

「ええ」

お夕は小さくうなずいた。

周囲は畑だけだったが、葦簀張りの小さな茶店が見えると、その先にも同じような店が目立つようになった。板橋宿はもう目と鼻の先だ。

三

戸田渡はいつになくにぎわっていた。日が大きく傾きはじめたので、単に舟の往来が頻繁になっているせいかもしれない。仁七は渡船場に目を光らせていた。

渡船場は荒川の南岸と北岸にある。両岸とも長さ七十間ほどで、茶店や船頭らの小屋が建ち並んでいる。

渡船業務一切を取り仕切る川会所は、北岸の下戸田村のほうにあった。

葦簀張りの茶店は西日に染まり、藍色の荒川には光の帯が走っている。空に浮かぶ鱗状の雲は朱に染まっていた。

「どうするのだ？」

馬舟が渡ってきたところで、野々山が声をかけてきた。舟客に注意の目を向けていた仁七は小さく舌打ちした。お夕は乗っていない。

「おい」

焦《じ》れたように、もう一度野々山がいった。

「先にお夕の家に行くことにしましょう」

仁七はそう応じて渡船場をあとにした。蕨宿まではほどない距離である。およそ二十八町であろうか。

往還には鍬《くわ》を担いだ百姓や行商人、馬を引く馬子の姿があった。遠くに見える秩父の山は、薄墨を掃いたように霞んでいた。

宿場が近づくと、早くも宿引きが現れ、道行く者たちに声をかけてくる。茶店や料理屋も夕暮れの書き入れに忙しそうだ。

蕨宿には旅籠が二十三軒ほどある。その他に本陣が二、脇本陣がひとつあった。浦和や大宮より大きい宿場なので、当然のように飯盛りを置く宿もある。

仁七にはひとつ危惧していることがあった。お夕の実家である岡田屋が、店を明け渡しているのではないかということだ。

もし、そうならお夕の両親を捜すという手間が増える。しかし、昨日の今日である。まだ店は払ってはいないだろう……。

その岡田屋が近づいた。

「あの店です」

仁七は同行の野々山に岡田屋を教えた。暖簾は下がっておらず、表戸は閉められている。両脇の小店と違い、そこだけ暗く沈んでいるように見えた。

「話はあっしがしますので、野々山さんはそばにいるだけでようござんす」

「さようか。楽な仕事だ」

仁七は表戸に立って、店のなかに声をかけた。お夕が戻っていればよいと思う。しばらくして、表戸が音を立てながら開いた。顔を出したのは、お夕の父平左衛門だった。仁七を見て、驚いたようにギョッと目を瞠った。

「これは仁七さん……」

「ちょいと大変なことがあってな。邪魔をするぜ」

仁七は平左衛門を押しのけるようにして土間に入った。野々山があとについてくる。

奥の居間に、平左衛門の女房おきよが座っていた。やはり、仁七を見て驚いている。お夕の姿はない。

「いったいいかがされたので……。まあ、おあがりください。おい、お茶をお出し」

仁七と野々山はおきよが台所に立ったのを見て、居間にあがり込んだ。平左衛門は落ち着きがない。無粋な野々山がそばにいるせいか。それとも、他の理由があるのか。

仁七は注意深く平左衛門を見、台所で茶を淹れているおきよにも疑いの目を向けた。

「お夕が逃げた」

ヘッと、平左衛門が驚いた声を漏らした。おきよも仁七を振り返った。

「逃げたって、それはいったいどういうことで……」

「大川に飛び込みやがったのだ。江戸に入ってすぐのことだ」

「飛び込んだって、それじゃ……」

平左衛門はおろおろと視線を泳がした。

おきよも急須を持ったまま棒立ちになっていた。

「死んでいるかどうかわからぬが、おれが調べたかぎりその様子はない。おそらく岸に泳ぎ着いて、逃げているのだろう。もしや家に戻ったのではないかと思って、とんぼ返りしてきたわけだ」

仁七は苦虫を嚙みつぶしたような顔のままつづける。

「まさか、匿《かくま》ってるなんてことはねえだろうな」

「そ、そんなことはありませんで……しかし、どうしてそんなことに……」

「そんなこと知るか。お夕に聞かなきゃわからねえことだ。だが、このままじゃすまねえぜ。こちとら大枚百両を払ってるんだ。もし、お夕が見つからなかったら金は返してもらう」

「そ、そんな……」

「百両ですむと思うな。お夕を捜すために人が動いている。利子もつく」

仁七はお夕をもらい受けるときには、人のよい商人面をしていたが、いまは強突張《ごうつくば》りの金貸しの面体でにらみを利かせていた。

「利子……」

「あたりめえだ。お夕は借金の形と同じだ。お夕がおれの元へ戻ってこなかったらどうなる、え。おれはただで百両をくれてやったお人好《よ》しの馬鹿じゃねえか。そんな話はねえだろう」

「そ、そりゃまあ……」

「旦那、それにしてもどういうことなんでしょう」

おきよが茶をこぼしそうになりながら、そばにやってきた。湯呑みを差し出す手も震えている。

「それはおれがいう科白だ。まったく人の親切を仇で返されるとはこのことだ。一度廓に入りゃ、年季が明けるまで表に出ることはできねえ。だから一晩ぐらい贅沢させて、ゆっくり休ませてやろうと思っていたんだ。ところがあの小娘、舟が江戸に入ってすぐ、川に飛び込んで逃げやがった。料簡もくそもあったもんじゃねえ」

平左衛門もおきよも、声もなく目を瞠っている。口もぽかんと半開きだ。

「散々捜したが、もう暗くなっていたから見つけることはできなかった。今朝も早くから人を使って、大川や江戸の町屋を捜しまわったが見つからねえ。よもや、こっちに戻ったんじゃねえかと思って来てみたというわけだ。いまも仲間が江戸でお夕を捜しまわっている。おれは傾城屋の旦那に、いい訳をして十日ほど待ってもらうようにしたが、それでお夕が見つからなかったら穴埋めをしなきゃならねえ。へたすりゃ、おれの身も危なくなる」

「仁七さんの……」

おきよが驚いたような声を漏らした。仁七はにらんだ。

「おれたちゃ体張って仕事をしているんだ。生半可なことをすりゃ、詰め腹を切らされる。それが吉原の掟《おきて》だ」

「ど、どうすればよろしいのです？」

おきよは気が気でない様子だ。

「お夕は戻っていないんだな」

　仁七は平左衛門とおきよを、射殺すような目で凝視した。

「見てのとおりです。嘘ではありません」

　平左衛門はつばを呑み込みながら答えた。

「……もし、戻ってきたら、押さえておけ。それからお夕が頼りそうな人間を教えてもらいてえ。お夕は江戸には詳しくない。いずれこっちに戻ってくると考えていい。賢い女だから、まっすぐこの家には戻っちゃこないだろう。仲のよい親戚とか友達を頼るはずだ」

「あ、あの、もしお夕が戻らなかったら、その見つからなかったらどうなるのです？」

「いっただろう。金を返してもらうと。落とし前と利子を付けて二百両だ」

「二百両」

　おきよが声をひっくり返せば、平左衛門は声もなく驚いている。

「金の都合がつかねえなら、お夕捜しに力を貸すことだ。わかったな」

　平左衛門とおきよは、殊勝な顔でうなずいた。

それから仁七は、お夕が頼りそうな人間のことを細かく聞いていった。

四

戸田渡には夕靄《ゆうもや》が立ち込めていた。背後の林のなかで鳴いていたひぐらしの声も少なくなっている。夕暮れた空を三羽の鴉《からす》が渡っていった。

「行って戻ってくるだけでいいだろう」

舟着場に下りていった金三郎が、お夕たちを振り返って、

「さあ、まいろう」

と、うながした。

「川会所には明かりがあるわ。様子だけ見に行きましょう」

お夕は千早に背中をそっと押されて、桟橋に立った。舟には数人の先客があり、乗り込んでくるお夕たちに目を向けたが、ただそれだけのことでとくに興味は示さなかった。

煙管を吹かしていた船頭が、それじゃ出しますよといって、棹で雁木を押した。

濃緑の荒川はてらてらと鈍い光を放ち、空に浮かんだ星を映していた。川幅は五十

五間（約百メートル）ほどだ。

　お夕は頭巾をして菅笠を目深に被ったまま、対岸に見える川会所の屋根を凝視した。佐吉に会うのが怖くなっていた。自分が身売りされたことは知らないはずだが、噂を聞いているかもしれない。もし、そうだったら、どんな目で自分を見るだろうか。でも、わたしはまだ女郎にはなっていない。身は清いままである。

　ただ、いまになって気がかりなことがあった。

「お夕、佐吉がおまえさんを受け入れてくれたとしても、それですべてが丸く収まるわけではないということを肝に銘じておけ。廓には入っていないが、おまえさんは一度売られた女だ。世間で生きていくには、女衒からもらった金を返さなければならぬ。百両といったが、おそらくそれではすまないはずだ。佐吉が、その金を都合できればなんとかなるかもしれぬが……」

　金三郎にいわれたことが、お夕の気持ちを萎縮《いしゆく》させていた。

　膝に置いた手をギュッと握りしめて、そっと千早の横顔を見た。視線に気づいたのか、千早がお夕を見てにっこり微笑んだ。人を包み込む温かさがあった。

「大丈夫よ」

と、千早はやさしくいってくれる。

お夕はどうしてこの人たちは、こんなに親切で面倒見がいいのだろうかと思わずにはいられなかった。もっと早くこういう人たちに会いたかったと思いもする。

舟は対岸の舟着場に近づきつつあった。心の臓がドキドキ高鳴ってきた。佐吉に会いたいという思いと、佐吉がどんなふうに接してくるだろうかという不安。

それに、佐吉がいまでも変わらない気持ちを持っていたとしても、金三郎がいうように二人がいっしょになるのは困難を極めることになる。

会って謝るだけにしておこうかしら。でも、なぜわたしが謝らなければならないの。わたしは何も悪いことなどしていない。こんなことになったのは、何もかも親のせいではないか。親のために借金の形《かた》になったのだ。

そんな自分はみじめで哀れだった。何もかも親のいいなりに生きてきたのに、どうしてこんなに悲しい思いをしなければならないのかわからない。蝶よ花よと育てられた来し方はまるで夢のことだった。

「着いたわ」

舳先のほうに座っていた夏がお夕を振り返った。開けっぴろげで気さくで飾ったところのない夏に、お夕は好感を持っていた。とにかく意気軒昂とした明るさが羨ましい。

舟着場に降りると、お夕は千早たちに囲まれるようにして土手を上がった。川会所はすぐ左手にある。戸口のそばに下げられている提灯が、やけに赤く見えた。

茶店の脇に立つと、

「わたしが聞いてくるわ」

夏がそういって川会所に歩いていった。お夕の胸の鼓動はますます高くなっていた。

「佐吉さんがいたら、いっしょに板橋に行ってもらいましょう」

千早が耳許でささやくようにいった。

蕨に帰るのは危険だった。金三郎は女衒の仁七たちが、必ず先回りしているという。ここで捕まってしまってはならなかった。だから、板橋宿に一泊することに決めていた。

間もなくして、夏が戻ってきた。何やら浮かない顔だ。

「今日はもう戻ったらしいわ」

「戻った」

千早がまばたきをして言葉を足した。

「戻ったって、家に帰ったということかしら」

「そりゃそうでしょ。どうする？　家に行ってみる……」

夏がお夕を見た。

「いや、やめたほうがいい」

遮ったのは金三郎だった。

「だって、女衒は佐吉さんのことは知らないのよ。お夕ちゃんとの仲も知らないのだから……」

夏が反論した。

「それは昨日までの話だ。ここまで来てむざむざ捕まるようなへたはしたくない。それに家に帰っているかどうかわからぬではないか。知り合いのところに遊びに行っているかもしれぬ」

「……どうする？」

千早に聞かれたお夕は躊躇《ためら》った。佐吉の家に行きたい気持ちもある。だが、金三郎の忠告を聞いたほうがいいような気もする。

お夕は蕨のほうに視線を投げて考えた。道はうす暗くなっている。舟を降りた人たちが蕨のほうに向かっている。その姿が小さくなり、やがて薄闇に塗り込められたように消えていった。

「……明日、出直したほうがいいような気がします」

お夕は千早たちにそう答えた。

「それがいい。明日のことは旅籠に行ってからゆっくり考えよう」

そういった金三郎は、舟着場に後戻りした。

お夕はふっと小さな息を吐き、空をあおいだ。丸い月が浮かんでいた。

五

「頼るとすれば、まずは親だろうが、それはないようだから、つぎは誰になる？」

野々山は鰻《うなぎ》の肝を頬張り、盃を口に運んだ。仁七が蕨宿で定宿にしている武蔵屋の客間だった。表で、小さく鈴虫が鳴いている。

「お夕を可愛がっていた親戚とか、近所の友達ってとこでしょう。いずれにしろ、明日は的を絞って捜しますよ」

仁七は鰻の蒲焼きをつついた。蕨は鰻の産地だった。中山道を上方に上ってゆくと、この先浦和で鰻を食べさせる店があるぐらいで、その先にはない。

醤油と砂糖、味醂などで作られた秘伝のタレが、芳《こう》ばしく焼かれた鰻につけられて、旨味を深めている。

「明日は仲間も来ます。もっとも江戸で見つかってりゃ世話ないんですが……どうなることやら」

「こんなことは初めてか？」

口の前で盃を止めたまま野々山が聞いた。

上目遣いだから強面の顔がさらに怖く見える。蝦蟇《がま》を踏んづけたような低いぺしゃんこ鼻の下に、酒で濡れた分厚い唇があった。

「廓に連れて行く前に逃げられたのは初めてです。足抜けした女郎はいますが……」

「その女郎はどうした？」

「逃げられやしませんよ。あっさり捕まえました。三、四人いますがね」

「捕まえて廓に戻すだけですむのか？」

「あとのことはあっしらに関わりはありませんが、折檻《せっかん》を受けるようです。もっとも客商売ですから、体に傷がつかないような折檻だといいます。他の女郎たちへの見せしめもあるんでしょう」

「どんな折檻をするんだ?」

野々山は暇にまかせて問いを重ねる。

「聞いた話ですが、素っ裸にして井戸に吊したり、眠らせなかったり、何日も臭い牢格子に入れて残飯しか食わせないとか……そんなことのようです」

「ふん。ひでえことしやがる」

野々山はそういうが、同情している顔ではない。この男はもっとひどいことを、いともあっさりやってのけるのだ。脇に置いてある刀は何人の血を吸っているかわからない。

「……今日はもう終わっちまったようなもんなので、あと八日が日限《ひぎ》りです」

仁七は苦渋の顔でつぶやく。

「忘八《ぼうはち》との約束か」

忘八とは傾城屋の主のことをさす。

「八日でお夕を捜せないと、とんでもないことになります」

そのことを思うと、仁七の胃の腑がキュッと痛くなる。

払った金を吹っかけられるだけならいいが、仕置きを受けるかもしれない。仕置きは生半可ではないはずだ。命を落とすことだってある。

つまり、金を払って殺されるということだ。

仁七は盃を一息であおった。

「明日やってくる仲間は何人だ？」

野々山が香の物を口に入れて聞く。

「五人です」

「すると、おれを入れて七人。それで人手は足りるのか？」

「増やしたいところですが、信用のないやつを使うわけにいきません。それに大袈裟にすれば、噂を聞いた商売敵《がたき》の女衒が吉原に告げ口するかもしれません。そうなったら、身も蓋もありません」

「すると、おれはおまえの弱味を握っているってわけだ。ふふっ」

不気味な笑いに仁七はギョッとなった。

「……あっしを脅すつもりじゃないでしょうね」

「まさか。おまえには世話になっているからな。こう見えても武士の端くれだ。義理を欠くようなことはせぬ。……安心しろ」

仁七はほっと胸をなで下ろした。

野々山のことは、散々面倒を見てきた。出会った当初は飯を食わせ、小遣いを握らせた。もっとも、自分の用心棒として雇っただけだったが、だんだん付き合うことが荷になって、板橋宿を牛耳る茅場の萬作に紹介したのだった。

そのことで野々山の暮らしはよくなり、以前に増して仁七に恩義を感じている。多分そうだと、仁七は思っているのであるが、野々山が滅多に人を裏切らない男であることは付き合いのなかでわかっている。

それに今回も、それ相応の礼はするつもりである。野々山は文句はいわないはずだ。

「仲間が来たら手分けしますが、明日はお夕の親から聞いた家をあたっていきます」

「おれはどうする？」

「往還を見張ってください」

お夕の人相や特徴などは、いやというほど説明していた。

「それだけでいいのか」

「いまのところは、それでいいです」

「しからば、もう一本つけてもらおうか」

野々山が徳利の首を持って、ぶらぶらと横に振った。

六

板橋宿に戻った千早たちは、上宿の旅籠に入っていた。石神井川に架かる板橋のすぐ近くにある寂れた柏屋という旅籠である。

一階の広座敷で夕食をすませると、千早たちは二階の客間に引き取った。千早と夏とお夕は相部屋だが、金三郎はもちろん別の部屋である。

浴衣に着替えた三人は、しばらく茶を飲んでくつろぎ、その日の汗と垢を落とすために湯に浸《つ》かることにした。

「あたしは最後でいいわ。姉さんとお夕ちゃん、先にお入りなさいな」

夏が気の利いたことをいう。

「いいえ、どうぞお夏さんがお先に」

お夕は遠慮するが、夏はあとでのんびり浸かるという。

「お夕ちゃん、お夏がそういうのだから先に入りましょう。遠慮はいらないわ」

「そう遠慮は禁物。あたしは荷の番をしているから」

煎餅《せんべい》を頬張る夏を尻目に、千早はお夕といっしょに風呂場に向かった。夏は隙を見て金三郎を口説くつもりじゃないのかしらと、千早は頭の隅で思う。お夕が大変なことになっているというのに、夏は道中でも金三郎にべたべたしていた。

むかっ腹が立ったが、堪えていた。しかし、明日も態度が改まらなかったら、きつい灸を据えなければならない。

「お夏、少しは考えなさい。いまどんなことになっているかわかっているでしょ」

一応、釘は刺していたのだが、

「よくわかっているわよ。細かいこといわないで」

と、夏はいつものようにふくれっ面をした。

金三郎がとくに文句をいわないので黙っているのだが、目に余るようなら江戸に帰してもいいとさえ思う。なにしろ店を休んできているのだ。

風呂は小さかった。二人いっしょに入れる広さがないので、千早はお夕と交替で湯に浸かった。それにしても、千早はお夕の裸に目を瞠った。

見事な肢体である。すらりと足が長く、よく引き締まっている。無駄な肉はないが、乳房はほどよく盛りあがっており、尻にも手ごろな肉がついている。

夏の体も素晴らしいが、お夕は十六という若さもあるのか、夏以上に魅力的な体をしている。きめ細やかな肌は、湯煙のなかでも際立っていた。

千早は思わず、自分と見比べたほどだ。

「さっきの客いやな目で見ていましたね」

お夕が湯をかぶりながらそんなことをいった。

「夕餉の席のあの客ね」

近くで食事をしていた三人の男客だった。三人ともあまり褒められた目つきをしていなかったばかりか、言葉つきが下品だった。

「あんまりじろじろ見られるので、ひょっとして、わたしのことを知っているのかと思いました」

お夕は気が気でなかったようだ。なにせ女衒や吉原の連中に追われているという恐怖がある。千早にもその気持ちは何となく察せられた。

「知っているのではなくて、お夕ちゃんがきれいだからよ」

「いいえ、千早さんもお夏さんもきれいです。わたしのような子供より、二人に関心があったのかもしれません」

「とにかくああいう手合いには関わらないほうがいいわね。お夕ちゃん、背中流してあげましょうか」

「いいえ、わたしが流してあげます。どうぞ上がってください」

千早は言葉に甘えることにして、お夕の前にしゃがんだ。お夕が糠袋でやさしく背中を洗ってくれる。

「千早さん、ひとつ聞いていいですか」

「なに？」

「佐吉さんに会えなかったら、いえ、万が一佐吉さんに袖にされたら、わたし江戸で働けないでしょうか……」

「江戸で……」

千早は遠い目になって、自分の乳房のあたりを揉むように洗った。

「それは難しいのではないかしら。だって、江戸には女衒がいるし、吉原もある。お夕ちゃんを知っている男にいつどこで会うかわからないでしょ。もし、そんなことになったらただではすまないはずよ」

千早の背中を洗うお夕の手が止まった。

「……そうですね」

「いろいろ悩んでいるんでしょうけど、まずは佐吉さんに会ってみるべきよ。わたしたちにできることだったら、何でも手伝ってあげますから」

また、お夕の手が止まった。

「そのお気持ちだけで……」

お夕は声を詰まらせた。どうしてそんなにやさしいのですかと、涙声でいう。

「こうやって会えたのも、何かの縁でしょ。それにもしお夕ちゃんが、わたしと立場が逆だったら、きっと同じことをすると思うわ。人ってそんなものじゃない」

「……わたしだったら、厄介払いするかもしれません」

「そんなことないわよ。……さあ、替わりましょう」

千早はお夕の後ろに立って、きれいな背中にお湯を流してやった。すべやかな肌を湯は滑るように落ちていった。

千早はお夕の背中を洗いながら、何とかしてあげたいと心の底から思った。幸せになってほしい。自分に余裕があるなら、百両や二百両の金を都合したいとも考えるが、とてもできることではなかった。店は借りものだし、売り上げもどうにか生計が立つぐらいしかない。

自分にできるのは、お夕のこれからの人生が明るくなるような道筋をつけてやることだけだ。しかし、それもどうなるかわからないことである。ただ、こうやっていっしょにいるときだけでも、お夕の傷ついた心を慰めて勇気づけたいと思う。

風呂から上がって客間に戻ると、案の定、夏の姿がなかった。金三郎の客間に行って声をかけると、明るい声が返ってきた。

「あら姉さん、早いわね」

「あんた、荷の番をしているんじゃなかったの」

「荷といってもそんなに多くないじゃない。それにここにそんな悪さするような人もいないようだしさ。退屈だから、金さんにお酌してあげていたの」

「まったくいい気なもんね。お夕ちゃんの手前もあるんだから、少しは考えなさいな。遊びで旅をしているのじゃないのよ。それに自分の立場というのも、わきまえてちょうだいな。とにかく、わたしたちはすんだから早く行っておいで」

「なによ。そんなガミガミいわなくたっていいでしょ」

夏はむくれ顔をして風呂に行った。

「千早さん、そうきついことというな。おれも退屈していたのだ」

「だったらわたしたちの部屋にいらっしゃれば。お酒の相手ぐらいわたしでもできますから」

「おっと、嬉しいことをいうね。それじゃお言葉に甘えますか」

金三郎は腰の軽いことをいって、酒と肴を持って千早たちの部屋に移った。

「佐吉は名主の倅だったな」

千早の酌を受けた金三郎は、お夕を見た。

「ええ」

「跡取りなのだろうか？」

「長男ですから、そのはずです」

「ふむ、なるほど……」

金三郎は難しい顔をして遠くを見た。千早には金三郎がなにを考えているかおおよそ見当がついた。お夕の一件を無難に片づけるには、なにより金である。まとまった金さえあれば、うまく話をつけることができるはずだ。佐吉が名主の跡取りなら、金の都合がつかないだろうかと考えているのだ。

ところが、お夕は金三郎の心を読んだようなことを口にした。

「わたし、佐吉さんのお金などあてにしていませんから……」

そういわれた金三郎がばつが悪そうな顔をしたとき、風呂場のほうから悲鳴が聞こえてきた。夏である。

「どうしたのかしら……」

と、千早がいう間もなく、ドタバタと駆け戻ってくる夏の足音がした。そのあとから、男の怒鳴り声が聞こえた。

七

部屋に戻ってきた夏は、浴衣を羽織っただけで、ふくよかな胸や肉づきのよい太股《ふともも》がいまにも曝《さら》されそうになっている。いや、その一部は露《あら》わになっていた。駆け戻ってきて倒れ込むと、しどけない恰好で、

「変な客に襲われそうになったのよ」

と、荒い息をして廊下に目を向けた。そこへ二人の男が血相変えて現れた。

「やい、よくも引っぱたきやがったな」

肩を怒らせてすごむのは、夕餉の席にいた髭面の男で、目を血走らせている。

「助平なことするからじゃない」

「通りかかっただけじゃねえか。それをいきなり……」

「あたしの手を握って、お尻をさわったじゃない」

「はずみじゃねえか。見ろ、このほっぺたを」

男は自分の片頬をぺたぺたとたたいた。赤くなっていた。もうひとりの男は、後ろに立ったまま成り行きを見守っている。

「女に殴られちゃ黙っちゃおれねえ。いいからこっちに来やがれ」

男は腕まくりして部屋のなかに足を踏み入れた。

「待ちな」

黙って酒を飲んでいた金三郎が、盃を持っている手をあげた。

「ここは人の客間だ。他人様の入るところじゃない」

「なにを……」

髭面は金三郎をにらみ下ろした。

「可愛い女の尻をただでさわったのだ。頬を張られてもしかたあるまい」

「やいやい、てめえ見てもいねえくせにでけえ口たたきやがるな」

「嘘つかないで！　あたしが裸になったところをのぞいて、手を引っ張ってさわったじゃない。金さん、たたき出して」

夏が早口でまくし立てた。

「おい、おれは風呂場を間違っただけだ。それを……」

「もういいわ。お帰りください」

凛《りん》とした声を張って遮ったのは千早だった。まっすぐ男の目を見て、言葉を重ねた。

「他にもお客様がいらっしゃいます。こんな騒ぎは迷惑になるばかり、どうかお怒りを鎮めてお引き取りください」

毅然という千早に髭面は、ぴくぴくと頬を引きつらせた。

「……てめえら、舐《な》めるなよ」

髭面は獣がうなるような低い声を漏らして、さらに形相を険しくした。

「舐めてはおらぬ。お引き取り願おう」

金三郎が静かにいった瞬間だった。髭面はそばの障子をたたき壊し、金三郎を蹴った。

だが、それは空《くう》を切っただけで、体勢を崩した。刹那、金三郎が手にした盃をパッと振ると、髭面の顔が酒にまみれた。

「うわっぷ。てめえ……」

髭面は顔にかかった酒をぬぐい、牙を剝《む》くような顔になった。さらに、連れの男が懐に呑んでいた匕首《あいくち》を抜いた。

千早はまずいことになったと思ったが、もう止めようがなかった。

「よくも舐めたことしやがったな。ただじゃおかねえ。てめえ、表に出やがれ！」

「おう、きっちり話をしようじゃねえか！」

連れの痩《や》せた男も匕首を閃《ひらめ》かせて吼《ほ》えた。

「金さん……」

千早は金三郎の腕をつかんで首を振ったが、

「いや、この手合いは話をしないと、引っ込みがつかぬだろう」

と、いって金三郎は、ゆらりと立ちあがった。

「話し相手になろう。表に出ろ」

金三郎が顎をしゃくって先に出てゆくと、髭面と痩せ男は、千早たちに一瞥《いちべつ》をくれて去っていった。

「姉さん、どうしよう」

夏は乱れた浴衣をかき合わせながらいう。

「金さんにまかせるしかないわ」

「相手は匕首を持っていたわ」

千早は少しだけ考えてから、

「見に行ってくる」

そういって、金三郎たちを追いかけた。夏もお夕も恐る恐るそのあとにしたがった。

旅籠の表に出ると、金三郎は髭面と痩せとにらみ合っていた。いつの間にか髭面も匕首を手にしていた。金三郎は手ぶらである。

「そんな物騒なものを出さなきゃ話ができないのか」

金三郎は余裕でいう。

「行きずりの旅人にでけえ面されたんじゃ、おれたちの面子が立たねんだよ。土下座したらきれいさっぱり水に流してやろうじゃねえか」

髭面はペッとつばを吐き捨てた。

「ほう、おまえのような男にも面子があるのか」

「このッ」

髭面はいきなり匕首を振りあげたが、その腕を金三郎につかみ取られ、そのまま地面にたたきつけられた。

その隙に、金三郎の背後から痩せが襲いかかっていったが、金三郎はさっと腰を低めて反転すると、相手の懐に飛び込んで鳩尾《みぞおち》に拳をたたきつけた。

「あげっ」

痩せは体を二つ折りにして、奇妙な声を漏らした。それでも必死に堪えて、匕首を振りまわした。シュッ、シュッと風を切る不気味な音がした。

金三郎は一間ほど下がって間合いを取った。そこへ痩せが匕首で突いていった。だが、体をひねって金三郎はかわし、痩せの後ろ襟をつかむと、そのまま放り投げた。

痩せの体は宙を舞い、天水桶のなかに頭から突っ込んだ。

水飛沫《みずしぶき》が派手に上がり、痩せは天水桶に頭を突っ込んだまま、足をバタバタ動かしていた。

「話は終わった」

金三郎は乱れた襟を二本の指でただし、心配しながら見守っていた千早たちに涼しい顔を向けた。

客間に戻って、

「飲みなおしだな」

と、金三郎がいったとき、今度は旅籠の番頭が青い顔をしてやってきた。

「お客さん、大変なことをしてくれましたね」

番頭はこわばった顔で、千早たちを眺めた。

第四章　戸田渡

一

「どういうことでしょう？」

千早はきょとんとした顔を番頭に向けた。

「あの方たちはときどきこの旅籠で食事をされるだけですが、相手が悪うございます」

「どういうこと？　悪いのはあの男たちなのよ」

夏が口をとがらせると、番頭は頭の後ろをかいて、弱りましたなとつぶやく。

「はっきり申せ」

金三郎が催促した。

「そのあの方たちは、この宿場を取り仕切っている茅場の萬作一家の人たちでして……」

「やくざ……」

千早は小首をかしげた。

「へえ、早い話がそういうことでして、あのままおとなしく引き下がってくれればよいのですが、なにしろ気の短い人たちばかりですからねえ」

「やくざといえども、道理がわからぬわけではなかろう」

金三郎は酒の代わりに、ぬるくなっている茶に口をつけた。

「とにかく何もなければよいのですが、お気をつけてくださいまし」

「うむ。わざわざの忠告かたじけない。肝に銘じておこう」

「とにかく騒ぎは困りますので。へえへえ、それではごゆっくりお休みくださいまし」

番頭は下がっていった。

「ゆっくり休めって、あんなこといわれて休めるわけないじゃない。ねえ」

夏が頬をふくらましてみんなを眺めた。

「旅籠を変えましょうか……」

千早は難を避けるためにそんなことをいったのだが、

「変えたところで同じだろう。しつこい連中なら、すぐに探しあてるさ」

と、金三郎がいう。

「じゃあ、どうしたら」

「様子を見よう。まあ、何かいってきたらまた相手をするだけだ。おれにまかせておけ」

金三郎はそういうと、さあおれは先に寝るといって自分の部屋に戻った。

千早は夏を見た。

「こんなとき、面倒な人間に関わってしまったわね」

「そんなこといったってしかたないでしょう。あいつらが悪いんだから」

「お夏を責めているんじゃないのよ」

「だって、そう聞こえるんだもの」

「だったら謝るわ」

千早はふくれ面をしている夏からお夕に顔を向けた。

「お夕ちゃん、大丈夫よ。金さんはああ見えて、結構頼り甲斐のある人だから」

「ええ、でも何もなければよいのですが……」

お夕は不安そうな顔を、窓の外に向けた。

じつは千早も不安なのであった。騒ぎが大きくなると、この宿場で自分たちの噂が流れるかもしれない。

お夕がいなければ気にすることはないだろうが、お夕を必死になって捜しているだろう女衒がいる。もし、この宿場にやってきて噂を聞いたらどうなるかわからない。

「あーあ、もう風呂に入るのよすわ」

夏はそんなことをいって、延べた夜具に大の字になった。

「お夕ちゃん、わたしたちも休みましょう」

千早がいうと、お夕が夜具を敷いてくれた。

三人で川の字になったのはすぐである。表から虫の声がするぐらいで、旅籠も宿場も静かだった。さっきの男たちは、懲りてしまったのかもしれない。千早はそうであることを祈って目を閉じた。

二

鳥のさえずりで千早は目を覚ました。

障子にかすかな光がにじんでいる。隣を見ると、お夕はすやすやと寝息を立てている。その隣の夏は、浴衣を乱れさせ、いつものように寝相が悪い。太股を露《あら》わにさらけ出し、豊かな乳房の片方が剝き出しになっている。

千早はそっと身を起こすと、夏の乱れた浴衣をなおして厠《かわや》に立った。階下では朝餉の支度が行われているらしく、足音や茶碗のぶつかる音がしていた。

手水場《ちょうずば》で手を洗っていると、背後からお夕に声をかけられた。

「千早さん、おはようございます」

「あら、起こしちゃったかしら」

「いいえ」

「よく眠れた」

「はい、お陰様で。今日はよろしくお願いします」

「会えるといいわね。それじゃ支度をしておきますから」

千早は客間に戻ったが、夏はまだ寝ていた。せっかくなおしてやった浴衣はまた乱れていた。

「お夏、朝よ。起きなさい」

体を揺すってやると、夏は寝ぼけ眼《まなこ》を開いて、目をこすった。

それからほどなくして、千早たちは朝餉の席についた。

「何もなくてよかったわ」

千早がみそ汁をすすりながらいう。

「金さんには敵《かな》わないと思ったのよ。やっぱり金さんがいっしょでよかったわ。ねえ、金さん」

夏は朝から金三郎に甘えたことをいう。金三郎はにやけた顔で納豆をのせた飯を頬張っているだけだ。

千早たちの他に何組かの客がいたが、いずれも行商人のようだった。そうそうに食事をすませて出かけていく者もいる。

千早たちも食後の茶を飲むと、早速出かけることにした。客間に戻って支度をしているときだった。番頭が青い顔をしてやってきた。

「た、大変でございます」

と、声を詰まらせて、言葉を足す。

「昨夜の吾吉さんが仲間を連れて表で待っております。いかがされます？」

番頭は硬い顔をして千早たちを眺める。吾吉というのが髭面なのか痩せなのかわからないが、おとなしく引き下がるつもりはないようだ。

「何人いるんです？」

千早が聞いた。

「十人はいるかと……」

「十人」

出かける間際に厄介なことになった。

「お夏、金さんを呼んできて」

いわれた夏はすぐに金三郎を部屋に連れてきた。わけを話すと、金三郎は顎をなでて、窓から表をのぞき見た。千早もそばにいって、そっと表を見た。襷《たすき》がけに尻端折《しりはしょ》りした男たちが、表で群れている。腰には揃ったように長脇差。ひとり、相撲取りのように体の大きな男がいた。

「質の悪い野郎たちだ」

そういって振り返った金三郎は、千早に顔を向けた。

「千早さん、二人を連れて裏から逃げてくれ。相手はおれがする」

「でも、そんなことをしたら……。相手は十人ですよ」

「そうよ、金さんも逃げようよ」

夏も言葉を添える。

「いえ、裏にも仲間が見張っております」

番頭がいう。

「困ったことになったな」

金三郎は考え込んだ。

「この旅籠で騒ぎは起こしてもらいたくないので、どうか勘弁してくれないかと申したのですが、吾吉さんはそれなら表で話をするとおっしゃいます」

番頭は平身低頭だ。

「吾吉というのは？」

金三郎が聞くと、昨夜の髭面の男らしい。

「何とか丸く収めることできないかしら……」

千早は気が気でない。騒ぎが大きくなれば、お夕のことが知れる。千早はそのことを一番危惧していた。

「相手が相手だ。穏やかに話をしたいが……。ま、よい。とにかく千早さん、おれが話をする。お夕とお夏を連れて先に戸田に行ってくれ」

「先にって裏にもあの男たちがいるのでは……」

「番頭、何かいい知恵はないか？」

番頭はしばらく考えてから、

「それじゃ裏の人たちにはわたしがうまく話をして、表にまわらせることにします。その間に、女の方は逃げてください」

と、額に脂汗を浮かべていう。

金三郎はそのまま玄関に向かった。千早たちは番頭に案内されて裏の勝手口にまわった。番頭が勝手口を小さく開けて、表をのぞいた。すぐに振り返って、千早たちに静かにしているように口の前に指を立てる。

「相すいませんが、表のお仲間がお呼びですが……」

「呼んでいるのか？」

裏にいる男は二人だ。千早たちの隠れているところからは見えない。

「へえ、目当てのお客様は玄関に向かわれました」

「おい、そういうことらしい。表だ」

男たちの歩き去る足音がすると、番頭が様子を見てから、

「いまです。早く」

と、千早たちを急かした。

三

旅籠の勝手口から裏道に出た千早たちは、そのまま足を急がせた。細い道の両側は笹竹の藪だった。一町ばかり行くと、畑道に出た。そのまま畦道《あぜみち》をつたって往還に出ることにした。

「金さん、大丈夫かな。相手は大勢だし……」

夏が心配するように、千早も気が気でなかった。自分が男だったらと、こんなときに思う。男でなくても、剣術の腕を磨いていればといまさらながら思うのだった。千早はもともと武家の娘である。女だてらに槍《やり》・薙刀《なぎなた》を習ったことはあるが、もう昔のことである。

「お夏、わたしちょっと見てくる」

千早は足を止めた。

「だったらあたしもいっしょに行くわ」

「だめよ。あんたはお夕ちゃんを連れて先に行っていなさい」

夏は躊躇《ためら》ったが、お夕を見てからあきらめた。

「それじゃどこで待ってればいい？」

「志村を下った坂の下に清水があったわね。あそこで待っていて」

「気をつけてよ」

「わかってる」

千早はすぐに来た道を引き返した。旅籠柏屋のそばまで来たとき、往還を横切っていく男たちの姿が見えた。男たちはそのまま氷川神社に向かう道に入っていった。金三郎は男たちに囲まれながら歩いていたが、悠然としていた。

千早は懸命に不安を押し殺して、あとを尾《つ》けた。

金三郎を取り囲んでいる男たちは十人だった。木立に囲まれた道をどんどん奥へ向かってゆく。やがて、一団の足が止まった。金三郎を真ん中にして、その輪が広がる。まわりは杉の木立である。甲高い鳥の声が森閑とした林のなかにひびいた。

「野郎、昨夜はとんだ挨拶をしてくれたな」

目をぎらつかせていうのは吾吉だった。

「挨拶などした覚えはないが、話とは何だ。手短かにすませてくれぬか。おぬしらと違ってちと忙しい身でな」

金三郎は無精髯をさすりながらまわりの男たちを眺めた。

ドキドキしながら木陰で様子を見ている千早は、この窮地を脱する方策はないだろうかと考えるが、頭は空回りをするばかりだ。

「聞いたかみんな。どこまでもふてぶてしい野郎だ。どうしてくれる？」

「さっさと思い知らせて、女をとっ捕まえようじゃねえか。三人揃って飯盛女にするんだ」

吾吉の仲間がそんなことをいった。

「女郎にする前に、たっぷり味見をさせてもらうぜ」

へへへ、とまた別の男が楽しそうに笑った。

「くだらぬ話を聞きに来たのではない」

金三郎がそういったとき、吾吉らが一斉に刀を抜き払った。

「おれたちの話とはこういうことよ」

　吾吉が吐き捨てた。

　千早は胸に手をあてて息を呑んだ。抜き払われた刀が、木漏れ日をきらきら弾《はじ》き返している。

「やはり、そういう話か……」

　一歩、二歩と前に進み出た金三郎は、さっと腰を低めると雷電の速さで刀を鞘走らせた。と、つぎの瞬間ひとりの脇腹をたたき斬っていた。

「うぎゃ」

　ひとりが倒れたが、金三郎の背後から別の男が襲いかかった。だが、金三郎は後ろに目でもあるのか、腰の鞘をぐいっと後ろに押した。瞬間、鞘の鐺《こじり》が襲いかかろうとしていた男の鳩尾を直撃した。

「あげっ」

　男は刀を手から落とし、体を二つ折りにしてその場にくずおれた。

　あとはどうなっているかわからない乱戦となったが、金三郎のまわりに人が倒れるだけであった。

残ったのは三人だった。吾吉と相撲取りのような巨漢、そして半平という痩せた男だった。金三郎は吾吉に刀の切っ先を向けて、詰め寄った。

「まだ、話はすまぬか」

「ううっ……」

吾吉は隣に立つ巨漢に救いを求めるような目を向けた。だが、巨漢も動けないでいた。

「とんだ道草を食わせられた。……どうやら話は終わったようだな。先を急ぐので文句があるなら、いまのうちに申すことだ」

金三郎の刀の切っ先が、吾吉の鼻先に向けられた。吾吉は恐怖に顔を引きつらせて、

「な、何も文句はねえよ」

と、声を震わせた。

「……さようか。ならば、これまでだ。仲間を介抱してやれ。斬ってはおらぬ、みな峰打ちだ。殺生《せっしょう》は性に合わぬのでな」

さっと、刀を鞘に納めた金三郎は、くるっと吾吉に背を向けると、そのまま引き返してきた。木立の陰で一部始終を見ていた千早は、ほっと胸をなで下ろすと同時に、

袴の裾を颯爽《さっそう》とひるがえしてくる金三郎に惚れ惚れとした視線を送った。

吾吉たちが見えなくなったところで、千早は金三郎に声をかけた。

「何だ、こんなところにいたのか。お夏とお夕はいかがした」

「志村の先で待っています。でも、もう大丈夫かしら」

「心配はいらぬだろう」

金三郎は、先を急ごうと千早をうながした。

「金さんについてきてもらってよかった」

千早がつぶやくようにいうと、金三郎が何かいったかと振り返った。

「ううん、何でもない」

千早は金三郎のそばに行って、遠慮がちに袖をつかんだ。少しだけ甘えさせてもらおうと、そのままいっしょに歩いた。

四

仁七はお夕の親から聞いた親戚を朝から訪ね歩いていた。おそらく、お夕は親戚には顔を出していないと思われるが、念のためだった。親戚のほとんどは百姓だったが、蕨宿の外れで茶店をやっている家が一軒、同じ宿場で売り物商売をやっている店が二軒あった。売り物商売は荒物屋と小間物屋である。

仁七はその一軒一軒を訪ねる際に、しばらく様子を窺った。もし、お夕を匿っているとすれば、家族には不自然な動きがあるはずだ。それを見極めるために、他の家に比べ戸締まりがしっかりしすぎてはいないか、必要以上に表の様子を探っていないか、家族の動きに不審な点はないかなどに注意の目を配った。

訪ねたあとでも、相手の表情の変化や、言葉に不自然さがないかと、まなじりを凝らした。だが、どの家もお夕を匿った様子はなかった。

仁七はこれで八軒目の家を訪ねているところだった。その家は宿場から東にある塚越村の長作という男の家だった。お夕の母おきよの兄弟である。

「そりゃ初耳ですが、お夕を吉原に……」

長作はお夕のことを聞いていなかったらしく、驚きに目を瞠った。同じように驚くのは長作だけではなかった。ほとんどの親戚が、お夕のことを知らなかった。もっとも父平左衛門やおきよは、娘を女郎に出したといえば恥になるから黙っているのだろうが。

「途中で逃げたんで捜しているところなんです。連れ戻さないと大変なことになりますので、手前も往生しているんでございます」

仁七は地味な井桁絣《いげたがすり》に羽織という、人のよさそうな商人風情である。物腰やわらかくいえば、相手は警戒心をゆるめる。

「そりゃ大変でしょうが……でも、あのお夕を女郎にするとは、平左衛門もしようがねえ男だ」

「こっちに来てはいないんですね」

「いや、来ちゃおりませんよ。でも、見つからなかったらどうなるんです？」

「そりゃ手前の不始末なので、責任を取らねばなりません。いやはや、弱りました」

仁七はそういいながらも、長作の身なりや家構えを品定めする。あまり裕福な家とはいえない。縁側には幼い子供が三人いる。長作の孫のようだ。暮らしは決して楽ではないだろう。

「わたしは中町にあります武蔵屋という旅籠にしばらく泊まっております。もし、お夕が来たり、姿を見かけたら知らせてもらえませんか」

「それは……」

「ただとは申しません。お礼に十両ほどつつむことをお約束いたします」

「十両」

誰もが同じように反応する。十両は大金である。

「お願いできませんか」

揉み手をして頭を下げると、

「もし見つけたら十両もらえるんですね」

長作はものほしい目つきになっていた。

「約束は守ります」

長作はいい儲け話にありついたという顔をした。可愛い姪であっても、妹の娘であっても、所詮は他人である。貧すれば鈍するで、貧しき者が金に弱いのは世の常である。

長作の家を出た仁七は宿場に引き返した。お夕と仲のよかった者たちから話を聞くことが残っている。

宿場に戻ると、まず野々山を捜した。往還には人が行き交っている。日が高くなるにつれ、茶店の呼び込みも多くなっていた。

野々山は戸田に近い宿外れの茶店で暇をつぶしていた。

「どうだった？　と聞いてもその顔を見れば大方察しはつく」

やってきた仁七を見るなり、野々山はそんなことをいった。

仁七は隣に腰掛けて、下女に茶を注文した。

「とりあえずお夕の親戚には手を打っておきました。あとはお夕の友達をあたる仕事が残っていますが、その前に戸田渡に行きます」

「行ってどうする？」

「お夕が蕨に戻るには、戸田渡を使うしかありません。もっとも、他の渡し場を使うという手もありますが、念のためです」

「おまえの仲間はいつ来るんだ？」

「昼過ぎにはやってくるはずです。来なければ、使いが武蔵屋に来るでしょう」

仁七は後者であることを願っていた。江戸でお夕が捕まっていれば、これ以上手を焼くことはない。

運ばれてきた茶に口をつけると、野々山が面白いことを口にした。

「お夕には男はいなかったのか……」

　仁七は、はっとなった。平左衛門もおきよもそのことは口にしなかった。男はいないと高をくくっていたが、そうじゃないかもしれない。もし、男がいるならお夕は、その男をまっ先に頼るだろう。

「お夕は十六だといったな。まさかおぼこではあるまい。男のひとりや二人いてもおかしくないのではないか。会ったことはないが、おまえの話を聞くかぎり、なかなかの器量よしのようでもあるしな」

「これは迂闊《うかつ》でした。そのことも考えなければなりません」

　仁七は戸田の様子を見たあとで、お夕の男関係を探るべきだと考えた。

「それじゃ、そろそろまいりましょうか」

　仁七と野々山はそのまま戸田に足を向けた。

五

　昼前の戸田渡は活気があった。日の光を照り返す荒川を、渡し舟が行き交い、近郷の村で採れた野菜や雑穀を積んだ荷舟が江戸に向かって下ってゆけば、肥舟が下流から上ってくる。近郊の村に肥料を運ぶ肥舟は、戸田の河岸場に下ろされ、農村地帯に供給されていた。また、根菜類の荷は馬によって江戸に出荷される。南岸の蓮村側には、荷駄が積み上げられ、何頭もの馬がつながれていた。

渡し舟に乗っている間、千早たちは何もしゃべらなかった。旅の侍や行商人、托鉢坊主らが乗り合わせていたので、へたに話ができなかったのだ。

舟が対岸につくと、千早たちは昨日と同じように土手を上って、川会所の近くの茶店の縁台に腰をおろした。

「目立たぬほうが無難だ。昨日と同じように夏を行かせよう」

金三郎が注意深いことをいった。千早も同感だったので、夏を川会所に向かわせた。隣に腰掛けているお夕を見ると、頭巾のなかの顔をこわばらせたまま、まっすぐ川会所に目を向けていた。

「ここで話はできないわ。どこか適当なところないかしら?」

千早の問いに、お夕が黒く澄んだ瞳を向けてきた。

「川会所の裏に人気《ひとけ》のない地蔵堂があります。そこだったら……」

「それじゃ、そこで佐吉さんと話をしましょう」

千早が応じたとき、夏が目を輝かせて川会所から出てきた。佐吉に会えたらしく、力強くうなずいた。

　そのすぐあとから若い男が姿を現して、立ち止まった。そのまままっすぐお夕に目を注ぐ。紺木綿の地味な着物姿だが、顔立ちの整ったいかにも実直そうな男だった。夏にうながされた佐吉は、そばにやってきてお夕を見つめた。お夕も佐吉を見つめ返した。

「ここでは話できないわ。お夕ちゃん」

　千早にうながされたお夕は心得た顔で立ちあがり、

「佐吉さん、相談に乗ってください」

　と、いって先に歩いた。頭巾で顔を隠し、菅笠を被ったままだ。佐吉も千早たちの緊張した雰囲気に呑まれたらしく、黙って歩いた。

　お夕は人足小屋の脇を通って、大きな銀杏《いちょう》の下で立ち止まった。往還からも渡船場からも見えない場所だった。すぐそばに古びた地蔵堂があった。

　お夕と佐吉は向かい合ったまま、しばらく何もいわなかった。二人とも何かを躊躇っている様子だったが、堪えきれなくなって先に口を開いたのは、佐吉だった。

「売られてはいなかったんだな」

かすれたような声だった。お夕の目がわずかに見開かれた。

「……知っていたんですね」

「お夕ちゃんの乗った舟が出ていったあとで聞いたんだ。まさかと思ったが……でも、どうして？　それに、この人たちは……」

佐吉はお夕から視線を外し、千早たちを眺めた。

「一言ではいえないけど、わたし女衒から逃げたんです。そして、この人たちが助けてくださって、それでついてきてもらったんです」

「逃げたって……」

「舟から川に飛び込んだんです」

お夕は江戸に連れてゆかれ、そしてここに戻って来るまでのことをかいつまんで話した。近くの柿の木に止まった痩せ鴉が、喉が嗄《か》れたような声で鳴いた。

「……それじゃ女衒に追われているのか。追われて当然だとは思うけど、でもこの先どうするつもりなんだい」

話を聞き終わってから佐吉はそういった。お夕の目から大粒の涙がぽろっとこぼれ、頰をつたった。

「わたしが死んだと思っていれば、捜さないと思います」

　洟をすすり上げてお夕は一歩足を進めると、佐吉の胸に顔をうずめた。

「でも、お夕ちゃんの家には行くんじゃないか」

「わたしは家には帰りません。親戚の家にも行かないし、友達にも会わないことにします」

　黙って見守っている千早は、お夕がそこまで考えていることをはじめて知った。

「それじゃどうするというんだ。そりゃ、おれの家に……いや、うちはだめだ」

　佐吉は、はあと、ため息をついて、困ったなと遠くを見やった。

「……佐吉さん」

　お夕が顔をあげて佐吉を見た。指先で涙をぬぐう。

「わたしのこと、いまでも思ってくれていますか？　わたしが吉原に売られた女だったとしても……」

「まだ売られたわけじゃない。逃げてきたんじゃないか」

「それじゃ……」

「たった一日や二日で気持ちが変わるわけがない。話を聞いたときは、心底がっかりしたが、ずっと信じまいと思っていたんだ」

「佐吉さん……助けて、わたしを助けてください」

「そういわれても……」

「ほとぼりが冷めるまでどこかにじっと隠れています。女衒もそのうちあきらめると思うんです」

「しかし、お夕ちゃんの親はどうするんだ？　女衒は払った金を取り立てるんじゃないか。よくはわからないが、もらった金を返すだけではすまないのではないか……」

「……それは」

「とにかくおれは仕事に戻らなきゃならない。今夜どこかでゆっくり会えないか。それまでどうしたらいいか考えておく」

お夕が佐吉に冷たく突き放されたらどうしようかと心配していた千早は、その言葉を聞いていくらか安堵した。

「どこがいいですか？」

「そうだな。人目のつかないところがいいが……」

佐吉はしばらく考えてから、お夕に顔を戻した。

「宝樹院の前にある紺屋は知っているかい？」

「知ってます」

「あの紺屋のそばに水車小屋があるけど、あそこでどうだろう」

「わかりました。それでいつ行けばいいでしょう？」

「仕事は暮れ六つには終わる。六つ半だったら行ける」

「それじゃ六つ半に……」

佐吉はそっとお夕を放すと、千早たちを振り返って静かに眺めた。

「みなさん、ご親切ありがとう存じます。どうしたらいいかあっしにはまだよくわかりませんが、悪いようにはしたくありません。お夕のことお願いいたします」

佐吉はそういうと深々と頭を下げた。好感の持てる青年だった。

「突然のことに驚いたでしょうけど、お夕ちゃんのことよしなにお願いしますよ」

千早がいうのへ、佐吉は顎を引いてうなずき、そのまま急ぎ足で川会所に戻っていった。

「お夕ちゃん、佐吉さんいい男じゃない。きっと力になってくれるわよ」

佐吉を見送った夏が、お夕を励ますようにいった。

「それでおれたちはどうする？　板橋に戻れば、また厄介なことになるぞ」

金三郎はそういって、銀杏の根元に腰をおろした。千早もそのことを考えているのだった。板橋にはやくざたちがいる。蕨には女衒の手がまわっているはずだ。千早はお夕を見た。

「お夕ちゃん、とにかく夕方まで安全なところにいなければならないわ。どこかいいところないかしら……」

お夕は周囲に視線をめぐらしたあとで、

「わたしが通っていた手習所の先生がいます。その先生の家だったら、誰も来ないと思います。それに先生は信用できる人なので、きっと力になってくれるはずです」

「手習所の先生だったら人の出入りが多いのでなくて……」

「いえ、先生はもう年なので、手習いをやめて隠居暮らしです。それに引っ越しされたばかりですから……」

千早は金三郎を振り返った。

「そういうことなら行ってみようではないか。お夕、案内してくれ」

「はい」

六

仁七は戸田渡の河岸場にある茶店に腰を据えていた。

板橋宿側から渡ってくる舟に目を向け、若い女の客に目を光らせつづけていたが、お夕はいなかった。さっき、土地の者たちが「おしゃみの鐘」と呼ぶ、時の鐘が正午を告げたばかりだった。

紺碧の空を映す荒川は、きらきらと輝いている。また、新たな舟が舟着場につけられた。船頭が棹を器用に操り、雁木の杭に舫《もやい》をつないだ。客がつぎつぎと降りて、土手を上がってくる。三度笠を被った若い女がいたが、お夕ではなかった。

仁七はため息をついて、対岸に視線を飛ばす。仲間もじきやってくるはずだ。だが、その前に武蔵屋に戻ってみようかと思う。お夕が見つかっていれば、武蔵屋に連絡が来ることになっている。

「野々山さん、ここで待っていてもらえますか」

「おれは待つばかりだな。どこへ行く？」

「旅籠に江戸からの知らせが届いているかもしれませんので……」

「それじゃ早くいってこい」

「半刻もかかりませんよ」

「それにしても、まったく退屈なことをさせやがる」

「そんなことおっしゃらないでください」

「まあ、あと一日二日は付き合ってやるさ。おまえの仲間も来るのだったな。おれはそいつらのことは何も知らぬぞ」

「いえ、そっちのほうはご心配なく」

ふむ、とうなずいた野々山は、ぶっとい指で鼻くそをほじった。仁七が縁台から腰をあげると、そうだ、という。

「なんでしょう？」

「そこの川会所の連中はお夕のことは知らぬのか？」

「さあ、どうでしょう……」

仁七は川会所に目を向けた。渡船業務一切を仕切るのが川会所だ。名主や年寄の下に組頭・船役人・小揚人足らがいて、河岸場に着く舟の差配をしている。

「念のため、聞いてみましょう」

「落ち度があってはならぬからな」

仁七はもっともらしいことをいう野々山に背を向けて、川会所に入った。道を訊ねている旅の者が小役人と話し込んでいた。帳簿を傍らに置いて算盤《そろばん》を弾いている年寄がいて、部屋の奥で名主らしき男が茶を飲んでいた。

「何でございましょう？」

でっぷり肥えた小柄な男が声をかけてきた。

「ここにお夕という女を知っている者はいないか？」

「お夕……はて……」

「蕨宿の岡田屋という種油商の娘だ」

そういったとき、旅人と話をしていた若い小役人の顔が上がった。だが、旅人が話しかけたので、その小役人はすぐに顔を戻した。

「さあ、岡田屋さんは知っておりますが……娘のことは……」

肥えた小男は首をかしげるだけだった。旅人と話をしていた男の向ける目が気になったが、仁七はそのまま川会所を出て、茶店に戻った。

「仁七、昨日おかしな舟客がいたそうだ」

野々山がそんなことをいう。

「この店の女がいうのだ。おい、そこの女、ちょいとこっちにきてくれ」

他の客に茶を運んだ小女が野々山を振り返り、前垂れで手を拭きながらそばにやってきた。

「さっき話したことをもう一度聞かせてくれぬか」

野々山がいえば、仁七が言葉を足した。

「おかしな舟客というのはどういうことだ？」

小女は目をしばたたいて答えた。

「昨日の夕方お侍と三人の女の方が川を渡ってきてこの店で休まれたんですが、すぐに引き返されたんです」

「すぐに引き返した？」

「へえ、若い女の人が川会所を訪ねていかれましたが、その方が戻ってくると、また渡し舟に乗って向こうの岸に戻られたので……」

「侍と三人の女だったのか」

「へえ」

仁七は考えた。お夕には江戸に知り合いも親戚もいないはずだ。連れがあるのはおかしい。だが、待て……。仁七は渡ってくる馬舟に目を注いで短く考えた。

お夕に連れがないと考えるのは浅はかかもしれない。お人好しにも奇特な馬鹿が、お夕に手を貸しているなら、連れがあってもおかしくないはずだ。

「川会所を訪ねたのは若い女だといったな」

「そうです」

「どんな女だった？」

「愛らしい顔をした人です。何となくぽっちゃりしてましたけど、うちの旦那さんが、あれは小股の切れ上がった、いい女だといわれたのでよく覚えているんです」

仁七はお夕の人相や特徴を話した。

「いいえ、そんな人ではありませんでした」

「そうか……」

仁七はがっかりした。どうやら別人だったようだ。だが、何かが頭に引っかかっていた。とにかく武蔵屋に戻るために、渡船場の茶店を離れた。

日はまだ高い。だが、西の空に鼠色をした雲が張り出していた。ひょっとすると、雨が降るかもしれない。仁七は足を急がせた。

七

茅場の萬作に呼び出しを受けた吾吉は、部屋の隅に座っている巳之助を上目遣いににらんだ。なぜ呼ばれたかは巳之助が同席していることでわかった。

くそッ、あの唐変木が……。

腹の底で毒づく吾吉だが、ゆっくり煙管を吸いつづけている萬作を盗み見た。この沈黙がたまらなかった。尻の穴がもぞもぞする。萬作は細面で目が細く、唇が薄い。体も大きくはなく、どちらかというと華奢だ。一対一で喧嘩をしたら、絶対自分が勝つという自信がある。だが、萬作は怖い。蛇のように冷血な男だ。気に入らないことがあると、有無をいわせずあっさり人を刺す。なぶるような殺し方をする。吾吉は何度もそんな場に立ち合っていて、萬作に恐れをなしていた。それは、吾吉だけではない。子分のほとんどが、外見とは違う萬作の冷血な凶暴さに恐れをなしている。

それにしても萬作はさっきから何を考えているのだ。呼び出したのだから、さっさと用件をいってもらいたい。吾吉は落ち着かなくてしようがない。

てめえが告げ口したからだろう……。

吾吉はもう一度巳之助をにらんだ。柏屋で女をからかうとき、巳之助は遠慮するといって仲間に加わらなかった。あの浪人と喧嘩したときも、手助けをせず遠くから眺めていただけだ。今朝もそうだ。浪人を呼び出して袋だたきにしようといったときも、巳之助はやめておけと忠告をして、姿をくらました。

「吾吉……」

萬作のふいの声に、吾吉はドキッとして、背筋を伸ばした。

「おれが何で呼んだか、大方察しはついてんだろ……」

細くて鋭い目が向けられる。吾吉は萎縮する。

「あ、はい」

萬作は煙管を灰吹きにたたきつけた。カン、と甲高い音が座敷にひびいた。吾吉はギュッと目をつぶって、膝の上の拳を握りしめた。まるで自分の頭をたたかれた気分だった。

「だったらおれが何をいいてえか、わかるか？」

「あ、いや、それは……」

萬作の細い目がかっと見開かれ、色白の顔が赤みを帯びた。吾吉はますます緊張する。できることなら逃げだしたい気分だった。

「てめえのおかげで、おれの可愛い子分が痛めつけられた。腕を折られたやつがひとり、顎を砕かれてしゃべれなくなったやつもいる。あばらを折られたやつが数人……。だらしねえことだ。情けねえことだ。ええ、そうじゃねえか」

「は、はい。あっしが……」

「なんだ、あっしがって？　いってみやがれ」

萬作の目がさらにきつくなった。生やさしい眼光ではない。実際、にらまれるだけで小便をちびるやつがいるほどだ。

「……そのあっしの不始末でござんす」

吾吉は深々と頭を下げ、藺草《いぐさ》の匂いのする畳に額をすりつけた。

「ふざけるんじゃねえ！」

「へっ、へえへえ」

吾吉は生きた心地がしなかった。殺されるのではないかという恐怖で体が震えそうだ。

「へえじゃねえ。てめえ、自分の不始末だといったな。だったら、その落とし前をどうつける？　おれの顔に泥を塗ったようなもんだ。そうじゃねえか」

「すみません。すみませんで……」

「謝ってどうなるもんじゃねえだろう。ちったあ頭をはたらかせねえか。このうすろ野郎が。てめえのしみったれた面見てると、腹が立ってくるぜ。こっちに来やがれ。……来いといってんだ！」

怒鳴られた吾吉は、おずおずと膝を進めたが、一尺も動いていなかった。

「おい、吾吉。おれを舐めてんのか、え。ここにこいといってるんだ」

萬作は穏やかな口調でいって、自分の膝前をたたいた。

吾吉は観念して近づいた。いきなり襟をつかまれ、引き寄せられた。萬作の凶悪な顔が間近にあった。指で目を突かれるかもしれない、それとも鼻の穴に煙管を突っ込まれるか。萬作はそんなことを涼しい顔でいともあっさりとやってのける。

「落とし前をつけるんだ。てめえでまいた種は、てめえで摘み取れ」

「あ、はい……」

いかん、ちびっと小便が漏れた。吾吉は尻の穴に力を入れた。いますぐ股間を押さえたい。実際、片手で押さえた。

「なぜ、おれがこんなことをいうかわかるな。……わかってんだろうな」

いきなり顔面が熱くなった。鼻っ柱を拳骨で思い切り殴られたのだ。すうっと、鼻血が漏れて、唇に流れた。のけぞったまま、ぼんやりする頭を振った。目が霞んでいる。床の間に飾られた一輪挿しの花がある。その花が二重三重に見えた。

「おい、わかってるかと聞いてんだ。しゃきっとしねえか」

吾吉は慌てて半身を起こすと、きちんと膝を揃えて座りなおした。手の甲で鼻血をぬぐい、袖で鼻の穴を押さえた。

「てめえは馬鹿だからおれのいうことはどうせわからねえだろう。しかたねえから教えてやる。おめえがちょっかいを出した女は、なかなかのタマだったそうじゃねえか。他にも二人の女がいたそうだな」

「……はい」

痛みのせいで、吾吉の目に涙がにじんでいた。

「その三人の女を捜して捕まえるんだ」

「へっ……」

どこにいるかわからないのだ。どうやって捕まえればいい。思考はぐるぐる空回りするだけだ。

「巳之助、女たちは旅人にしては荷が少なかったといったな」

萬作に巳之助が答える。

「へえ、少のうございました。つまり、あの連中はさほど遠くまで旅をするのではないんでしょう。北へ向かったようですから、蕨か浦和、あるいは大宮あたりに用があるんじゃないかと思います」

「吾吉らを散々痛めつけた浪人もいっしょだな」

「へえ、言葉つきからすれば江戸の者です。女たちも江戸住まいだと考えていいはずです」

「吾吉、聞いたか。巳之助は知恵者だ。爪の垢でも煎じて飲ませてもらいな」

「…………」

吾吉は情けない顔でうなずく。

「浪人には用はねえ。吾吉、おめえが目をつけた女三人をとっ捕まえてくるんだ。この目で一度拝んでみたいからな。気に入りゃこの宿場で飯盛りをさせて稼がせる。傾城屋に売り飛ばしてもいい。いいタマなら金になるってもんだ」

「見つけられなかったら……」

萬作の眉間に深いしわが彫られた。

「見つからなきゃ見つけるまでだ。だが、女たちが宿場を出てからもう半日はたってる。ぐずぐずしてる場合じゃねえぜ。もし、女を捕まえることができなきゃ、おまえらをいたぶった浪人をとっ捕まえるんだ。捕まえられなくても、うまいこと丸め込んでこの宿場におびき出せ。野々山さんと勝負させる。勝ったほうが、おれの新しい用心棒というわけだ。その浪人がいやだといったら、おれが始末する。つまり、おまえは三人の女か、浪人を捜しだしておれの前に連れて来なきゃならねえってことだ。わかったか」

「あ、はい」

返事はしたが、これは大変なことになった。

「やるんだぜ。しくじりは許さねえ。しくじったら……どうなるか考えるまでもねえだろう」

萬作の冷え冷えとした目が吾吉を凝視した。

吾吉はカラカラに喉が渇いていた。生つばを呑み込む。

遠くで、ひぐらしの声がする。

庭で鹿威《ししおど》しが、カンと鳴った。

「いつまでいやがる。やつらを捜すのに暇はねえはずだ。のろのろしてると、遠くまで行っちまわれるんじゃねえか」

「はい」

吾吉が腰をあげると、萬作が言葉を足した。

「ひとりじゃ無理だろう。腕の立つ野郎を何人か連れていけ」

「へえ、ありがとうございやす」

吾吉は萬作の家を出ると、大急ぎで四人の仲間を集めて中山道を北へ向かった。

第五章　水車小屋

一

仁七は乾ききった往還を足早に、戸田渡へ戻っていた。武蔵屋に知らせは来ていなかった。つまり、お夕は見つかっていないということだ。

宿場の外れを過ぎたとき、時の鐘が昼八つを知らせた。鐘音はどんより曇りはじめた、空をゆっくり渡っていった。

仁七は歩きながらもすれ違う女に注意の目を向けていた。ときには畦道を歩く百姓の姿にも目を凝らしたりした。だが、お夕らしき女に出会ったり、見かけることはなかった。だんだん不安に駆られてきた。

もう半日が過ぎる。今日を勘定に入れなければ、湊屋との日限《ひぎ》りは七日である。あと七日のうちにお夕を捜さないと、どうなるかわからない。このまま行方をくらましてしまおうかという考えが頭をよぎるが、それはまだ早い。あと七日はあるのだと、思いなおす。

しかし、お夕は本当に蕨に戻っているのだろうか、あるいは戻ってくるだろうか……。江戸に潜伏したままだったら、まったく見当違いなことをしていることになる。かといって、お夕を捜す手掛かりは江戸にはない。

二日ほどこっちで様子を見よう。また、やってくる仲間の話を聞いてからあとのことを考えなおすべきかもしれない。それにお夕の男関係はまだ何もわかっていない。ひょっとすると、そっちを急ぐべきかもしれない。

それにしても面倒なことになったと、仁七は何度も舌打ちした。

戸田渡の茶店についたが、野々山の姿がない。どこへ行ったのだと、葦簀張りの店のなかをのぞくと、そばの縁台にひっくり返って鼾《いびき》をかいていた。仁七はあきれてため息をつくしかない。

「野々山さん」

声をかけて肩を揺すると、野々山が発条《ばね》仕掛けの人形のように跳ね起きた。

「何だ、おまえか……」

野々山は目をこすって、あくびをした。

「ちゃんと見張っていないと困るじゃないですか」

「そういうな。少し横になっただけだ」

「まったくしようがねえ」

「それでどうだったのだ。知らせはあったか？」

仁七は首を横に振って、野々山の隣に腰掛けた。

「ないか。ならば、捜すしかないということだな。おお、そうだ。また面白い話を聞いたぞ」

「なんです？」

「浪人連れの女三人のことだ。渡ってきて、すぐ引き返したという連中だ」

「また、来たんですか……」

「そうだ。今度は引き返さずに蕨のほうへ向かったという。その折に、川会所の男が呼び出されたらしい」

「誰にそのことを？」

「この店の亭主だ。おい主、ちょいとこっちに来な」

奥で煙草を呑んでいた亭主がやってきた。鼠みたいな顔をした男だった。

「さっき話したことをもう一度聞かせてくれぬか」

「浪人連れの女三人のことですね」

「そうだ」

「へえ、昨日も見えて、うちの店に立ち寄られたんですが、今朝も見えましてね。それで、若い女の方が、昨日と同じように川会所を訪ねていかれたんです。おかしな旅人だなと見ていると、佐吉さんが出てくるじゃありませんか」

「佐吉……」

仁七は亭主を見た。

「へえ、名主さんの倅で、そこの川会所に詰めてらっしゃるんです」

「それで、どうした」

「佐吉さんがその人たちとどこかに行かれたんです。まあ、旅人の案内をすることもありますから、そうだったのかもしれませんが……。まあ話とはそんなところですが、とにかく連れの女の方がきれいでしてね」

「三人の顔を見たんだな」

「ひとりは頭巾に菅笠を被っておられましたから、顔はよく見ておりませんが……」

「頭巾に菅笠……」

仁七は葦簀に張りついた蠅《はえ》を凝視した。まさか、お夕では……。お夕の男が、佐吉だとしたらどうなる……。仁七の胸が高鳴った。

「野々山さん、ちょいと川会所に行ってきます」

そのまま仁七は川会所を訪ねた。さっき応対してくれた小役人はいなかった。近くにいた人足に、佐吉のことを聞くと、

「舟着場にいるはずです」

と、怪訝《けげん》そうな顔をする。

仁七はせかせかした足取りで舟着場に行った。

荷舟がついたところで、桟橋であれこれ指図をしている男がいた。股引に腹掛けというなりだが、帳面を片手に持っているので川会所の小役人のようだ。

「おい、ちょいといいか」

声をかけると、小役人の顔が振り向けられた。

「何でしょう……」

「佐吉という男はどこだ？」

「佐吉でしたら、家に帰っております」

「家に……」

「名主のいいつけで用があるんですよ。佐吉は名主の跡取りですからね」

「家はどこだ？」

「家……じき戻ってきますよ」

　小役人は怪訝そうな顔をしてそういった。

「ちょいと教えてもらいたいんだが、佐吉に女はいないだろうか？」

「女……ちょいと、あんた誰です？」

　小役人は人を値踏みするような視線を向けてくる。だが、仁七は相手の言葉に嘘はないか、表情に変化はないかと注意深い目を注ぐ。

「わたしは行商の者だが、決してあやしい者ではない。佐吉さんにいい縁談があって、それをまとめようと思っているんだ」

「佐吉に縁談……へえ、そうですか、そりゃ初耳だ」

「それでどうだ。佐吉さんに女はいないだろうか？」

小役人は小さく笑って、鼻の前で手を振った。

「女なんかいやしませんよ。あいつはいま仕事を覚えるのに必死ですからね。そりゃ、飯盛ぐらい買いに行ったりはするでしょうが、女の〝お〟の字も聞いたことありません。まあ、いい男っぷりだから女にはもてるはずですが、なにせ仕事が忙しいですからね」

小役人の言葉に嘘は感じられなかった。

すると、佐吉を訪ねた女は、単に道を訊ねただけかもしれない。仁七は舟着場から、対岸に目をやって、

「それじゃあとで佐吉さんを訪ねてみよう」

と、いっただけできびすを返した。

茶店に戻ると、野々山の隣に腰をおろして一服つけた。

「その面《つら》見ると、さっきの話は当て外れだったようだな」

仁七は黙って茶を飲んだ。

「それで、おまえの仲間はいつ来るんだ」

「そろそろ来るころだとは思うんですが、夕方になるかもしれません」

「だったらそれまでどうやって暇をつぶす？」

「お夕に男がいたかどうか、それを先に調べます」

「どこで？」

「まずはお夕の親に話を聞くしかないでしょう。それからお夕の友達です」

もちろんそうするつもりだったが、仁七は仲間が早く来るかもしれないと思って、しばらく待つことにした。その勘はあたり、半刻ほどしてから女衒仲間が揃って舟着場に姿を見せた。

まっ先に玄之助が土手に上がってきて、江戸でのことを話した。

「仁七、江戸では埒があかねえ。それに、水に呑まれた女の仏も揚がっちゃいない。溺れ死んでいるなら必ず浮きあがるんだが、大川の船頭も漁師たちも女どころか犬の死骸も見ないという」

「やっぱり蕨に戻ったと考えたほうがいいんじゃないかねえ」

あとからやってきた清吉が口を添えた。その他に、三人の仲間がいた。全部で五人、野々山と自分を入れると七人である。

「それでどうする？」

玄之助が聞いた。

「みんなにはまず武蔵屋に入ってもらおうか。歩きながら段取りを話す。それからこちらは、いろいろ手を貸してくださる野々山竜蔵さんだ。おれとは古い付き合いでな」

「野々山だ。仁七にはいろいろ世話になっている。困っている面見ているとじっとしておれなくてな。おぬしらも力になってくれ」

野々山は感心するようなことをいった。

「それじゃ行こう」

仁七は河岸場に背を向けた。

二

蕨宿から少し東に行ったところに三蔵院という寺があった。その寺の裏にお夕のいう手習いの師匠をしていた三島正三郎が住んでいた。齢《よわい》六十半ば過ぎだ。頭髪は薄く、眉は真っ白であった。

老いた妻との二人暮らしで、家は藁葺《わらぶ》きの質素な佇まいであった。正三郎はすでに手習い所の師匠をやめて、隠居暮らしである。

　お夕の訪《おとな》いを受けると、相好《そうごう》を崩して歓待したが、事情を聞くなり顔を紅潮させて憤った。

「何故《なにゆえ》、そのようなたわけたことを……。それほどまでにおまえさんの親はだらしなかったか」

　正三郎は吐き捨てるようにいうと、深いため息をついた。それからお夕の力になっている千早たちを、ゆっくり眺めて、

「あなたたちのようなご親切な方に、お夕がめぐり会えたのは運がようございました。わたしも何かの力添えになりたいと思いまするが、ご覧のとおりの老いぼれ、かといって金があるわけではなし……。しかし、何とかしなければなりませんな」

　と、真剣な顔をする。

「とにかく、お夕の身の振り方を考えてみましょう」

　そういった正三郎は、妻の妙に茶を振る舞うように申しつけた。

　千早たちは妙の淹れた茶を馳走《ちそう》になってしばらく時間をつぶした。お夕は正三郎にあれこれ聞かれるまま話をしていた。千早はそんな様子を眺めながら、一度お夕の親

に会っておくべきだと考えた。そのことを金三郎に相談すると、

「うむ、お夕本人が行くのはやめたほうがよかろうが、千早さんがそれとなく訪うことに問題はなかろう。それに、女衒がどのような動きをしているかそのこともわかるはずだ。敵の出方を知るのは常道だ」

その言葉に、夏ももっともだという。

千早はお夕と話をしている正三郎にそのことを話した。

「是非、そうしてくだされ。わたしが出向いてもよいが、女衒のような人買いは、こういったことには勘をはたらかせるはずだ。少なからずお夕のことを知っているわたしが訪ねるのは具合がよくない。千早殿と申されたな。ここはひとつお願いできますか……」

「それじゃ、これから早速にも」

「姉さん、あたしもいっしょに行くわ」

夏がいうのを、金三郎が遮った。

「いや待て。お夏がいっしょに行けば目立つ。おれたちは戸田の渡船場で見られている。女衒は、おそらく渡船場にも鼻を利かせるはずだ。すでにおれたちのことに気づ

き、不審を抱いているかもしれぬ」

「おっしゃるとおりだ。千早殿、お夕の店はおわかりかな？」

正三郎が千早に顔を向けた。千早はいいえと首を振った。

「教えるまでもなく宿場に行けば、自《おの》ずと岡田屋はわかるはずだが、そこまでの道をお教えしましょう」

正三郎は丁寧に道を教えてくれた。

表に出た千早は鼠色の雲に覆われた空を見あげた。何やら風雲急を告げるような不吉な空模様である。一雨来るのかもしれない。

正三郎の家から宿場まで、さほどの距離ではなかった。

木立のなかの道を抜け、ゆるやかに曲がる野路を辿《たど》ってゆくと、宿場の裏に出る。往還沿いに商家や旅籠がつらなっているのが、裏から見ることでよくわかった。宿場の裏には水路が流れており、人の心を癒す清らかな瀬音を立てていた。

路地を抜けて往還に出ると、いきなり様相が一変した。先を急ぐように歩く旅人の姿がある。葛籠《つづら》を背負った行商人や僧侶の一行などが目につき、旅籠や商家の前に立つ呼び込みが声を張っていた。

千早は往還をゆっくり歩いていった。ほどなくすると右側に岡田屋の看板が見えた。だが、暖簾は掛かっておらず、表戸も閉まっていた。

他の店と比べても間口の広い立派な構えである。しかし、事情を知っている千早には、打ち沈み、寂れた店にしか見えなかった。どのような話をすればよいか、道々考えてきたことを反芻《はんすう》して、声をかけながら戸に手をかけた。戸は静かに開いたが、店のなかはうす暗く帳場にも人の姿はなかった。

「ごめんくださいまし……」

もう一度声をかけると、奥の土間から人影が現れた。

「何でございましょう。あいにく店はやっていないんでございますが……」

男が近づいてきて、足を止め、怪訝そうに千早を見た。お夕の父平左衛門のようだ。

「お伺いしたいことがあるのですが……」

平左衛門は少し考えてから、なんなりと、と返答した。

平左衛門が帳場の前の框に腰をおろしたので、千早もそれにならった。奥の居間のほうで空咳が何度かした。おそらく、女房のおきよだろう。そう見当をつける間もなく、

「誰だい？」

　と、おきよが顔を見せた。

「何でも聞きたいことがあるそうなんだ」

　平左衛門は女房に応じてから、それで何でございましょうと、千早に顔を戻した。

　おきよは気になるのか、そばに来て腰をおろした。

「知り合いから耳にしたのですが、この店を手放されるというのは本当でしょうか？」

「ええ、そのようになっておりますが、もう噂になっておりますか。人の口に戸は立てられないね。すると、あなたは店をお借りになりたいと……。でも、それは地主に話をしてもらうことになっているんですがね」

「すると、本当にこの店は手放されるのですね」

「いろいろ事情がありましてね。しかたありません」

　平左衛門は肩を落として、おきよに茶を持ってくるようにいいつけた。おきよが台所に下がるのを見てから千早は問いを重ねた。

「手放されるのはいつのことでしょうか？」

「四、五日うちにここを出ることになっております。店の整理はほとんど片づきましたので、今日明日にでもよいのですが、まだ引っ越し先が定まりませんで……」

「今日明日……」

千早は店のなかを眺めた。帳場には台帳の類《たぐい》はなかった。土間には種油を搾る器具や樽や桶などが置いてあるが、商売用の種油は入っていないようだった。

「ここでどんな商売を？」

平左衛門が身を乗り出すようにして聞く。そのとき、おきよが茶を運んできて、千早の前に湯呑みを置いた。

「呉服屋を営もうと思っているのです。蕨は機織りが、それも双子縞の綿織物によいものがございます」

「ここには東屋さんがおられますからね」

東屋というのは、蕨にて綿織物を活性化させた高橋家の商号である。

「つかぬことをお訊ねしますが、何でもきれいな娘さんがおられると聞いているのですが……」

千早のさりげない言葉に、平左衛門とおきよは目を見合わせた。

「いるにはいます、家を出ておりまして……へえ」

「いまはどちらへ？」

「どちらへって、まあ娘のことなどよいではありませんか」

平左衛門がずるっと音を立てて茶を飲むと、

「失礼ですが、どちらから見えられたんでしょう……」

と、おきよが疑い深そうな目を向けてきた。

「鴻巣の小池屋からまいりました。申し遅れましたが、わたしは千早と申します」

千早はもっともらしいことを口にしたが、二人が鴻巣に詳しいと疑われる。

「鴻巣から……そりゃまたずいぶん遠いとこから……」

「ええ、旦那さんは商売熱心な方でして……」

千早は目を伏せて茶に口をつけた。

「店を畳まれるようですが、このあとは？」

「そんなことはどうでもいいことではありませんか」

おきよが険のあるものいいをした。

「そうですね。それで、娘さんは奉公か何か……」

「ええ、奉公に出しました。この店が左前になってしまっては、どうしようもありませんからね」

「奉公先はどちらに……」

「江戸です」

「それじゃ淋しくなりましたね。いえ、もしよかったらうちの店で働いてもらったらどうだろうかという話が出たのでございます。大変なご器量だと聞いておりましたから……。でも、江戸に奉公に出られたのなら残念ですね」

「娘のことより、いまはわたしたちの先行きです。生計《たつき》の目途《めど》が立っておりませんから、あれこれ頭を悩ませているんですよ」

平左衛門は言葉どおり弱り切った顔をした。

「娘は若いからどうにでもなるでしょうが、わたしたちはこれから先のことを考えると、心細くて夜も眠れない始末なんですよ。そうそう、千早さんとおっしゃいましたね。あなたの店の旦那さんにわたしたちのことを一度相談してもらえませんか」

おきよは一膝進めると、さらに言葉を足した。

「商売のことなら少なからずわかっております。商いは違っても、役に立つと思うんですが、一度聞いてもらうわけにはまいりませんか」

「それは、わたしの一存では何とも申せないことです」

千早は内心で、話の運び方を間違っていると舌打ちした。こんなやり取りでは女衒の動きは探れない。もっと直截《ちょくせつ》に聞いてみようと思うが、あとのことを考えると躊躇われる。もう一度出直してみようかと思ったし、長居も得策でないようだ。

「とにかくお話はわかりました。この店がどうなっているか帰って旦那さまにお伝えすることにします。それから、お二人のことも聞いておきましょう」

そういうと、平左衛門とおきよは、救いを求めるような目を向けてきた。

「聞いてもらえれば助かります。いえ、雇ってくれといっているのではありませんが……」

平左衛門が遠慮がちにいえば、おきよは是非訊ねてくれと請うた。

千早は邪魔したことを詫びて、戸口に向かったが、途中で立ち止まって振り返った。

「そういえば、ここに仁七という人が何度か見えたと聞いたのですが、その方もやはり店を借りたいとおっしゃってるのでしょうか？」

平左衛門とおきよは同時に顔をこわばらせた。

「いえ、そういうわけではありませんが……ちょっと込み入ったことがありましてね」

平左衛門は言葉を濁した。

「昨日もその人が見えたようなことを耳にしたのですが……」

かまかけだったが、目の前の夫婦は目に驚きの色を表した。

「どうして、そのことを……まさか、妙な噂を聞いてるんじゃ……」

「あんた」

おきよが平左衛門の膝をたたいた。かまに引っかかった。

「もし商売敵なら先に地主さんに話をしなければなりません。やはり、この店のことで見えたのでしょうか……」

「あの人は、この店の商売のことで来たのではありません。とにかくお帰りになったら旦那さんにわたしたちのことをお伝え願えますか」

平左衛門は頭《こうべ》を垂れた。やはり、女衒の仁七は来ているのだ。

三

仁七は定宿にしている蕨宿の武蔵屋に仲間を集めて、それぞれに指図をしたところだった。まずは、予定どおりにお夕の友達をあたると同時に、お夕の男関係を探ることにした。

「いまいったことを頭に入れて動いてくれ。くれぐれも相手を怖がらせたり警戒させるな。物腰はあくまでもやわらかく願うぜ。とくに友蔵、おめえは気が長いほうじゃねえから、注意するんだ」

「いわれなくたってわかってるよ。心配するな」

友蔵は茶請けの干し昆布をくちゃくちゃやりながら応じた。

仁七は窓の外に顔を出し、往還をひと眺めしたあとで、空を見あげた。

「一雨来そうだ。早速動いてくれ」

「仁七、おまえはどうするんだ？」

玄之助が煙管の灰を落として聞いた。

「おれはもう一度お夕の親に会う。そんなことはないと思うが、お夕が親許に帰っているかもしれねえからな。帰っていなくても、ひそかに連絡をしているかもしれねえ。さあ、行こう。みんな日が暮れたら、またこの旅籠に集まるんだ」

仁七は先に部屋を出た。あとから、夜はうまい酒を飲めるんだろうなという声がしたが、そのまま何も答えずに階段を下りた。

表に出ると、野々山を見張りにつけている茶店に足を向けた。後ろを見ると、旅籠を出た仲間がそれぞれの方角に散っていくところだった。女衒は旅をして女を捜す。よって蕨宿のこともわかっている者が多かった。

「雨が来そうだ」

茶店の縁台に座っていた野々山は、仁七を見るなり空をあおいだ。

「降ってほしくはありませんが、こればっかりはわからないことです。やはりお夕は見ませんか」

「さっぱりだ。この宿場には戻っていねえんじゃねえか……」

野々山は皿に残っていた団子を、ぽいと口のなかに入れてもぐもぐやった。

「手間をかけて申しわけありませんが、もう少しお付き合いください」

「なに、気にするな。おれは暇な身だ」

「そういってもらえると、気が楽になります」

「それでまだ見張りをつづけるだけでよいのか？」

「もう少し頼みます。またあとで来ます」

野々山は何も答えずに茶を飲んだ。

仁七はそのまま岡田屋を訪ねた。

「これは、旦那。また何か御用で……」

帳場の前にやってきた平左衛門は硬い顔をしていた。

「用がなければ来ないさ。もっともおまえが金を都合したというなら、それをもらって帰るまでだ」

仁七はそういいながら、勝手に土間奥に向かった。お夕は来ていないか、連絡はなかったかと、あとからついてくる平左衛門に聞いた。

「来る様子も何の沙汰もありません」

仁七は居間の前で立ち止まって、平左衛門の目を見た。臆病そうな目をしているが、嘘をいっている顔ではない。それから居間に座っていたおきよに視線を注いだ。

「おかみ、隠し事はならねえぜ。お夕からは何の知らせもないか？」

「ありません。あれきりです」

仁七はおきよの狡賢《ずるがしこ》そうな目を見つめた。

「……だけど、旦那を知っている女が来ました」

「おれを知っている女」

仁七は目をしかめた。そんな女などいるわけがない。

「どこの何ていう女だ？」

「何でも鴻巣の小池屋という呉服屋の使いでした。千早というきれいな女の奉公人です。この店の噂を聞いたらしく、借りたいようなことをいっておりましたが……」

「鴻巣の小池屋だと……」

仁七は鴻巣にそんな呉服屋があったかどうか、記憶の糸を手繰《たぐ》ったが覚えはなかった。それに女の奉公人が使いに来たというのが解せない。

「その女は、たしかに鴻巣から来たのか？」

「そういっておりましたから……」

「おれの名を知っていたのか？」

「はい、旦那の名を口にされました」

仁七は宙の一点を凝視した。おかしい。この宿場で自分の名を知っている者はかぎられている。まして鴻巣に自分を知っている者はいない。仁七は女の特徴を聞いた。

「年は三十を越えたか越えないかでしょう。品のある美人です。女にしては丈の高いほうでしたが……」

仁七の頭にまっ先に浮かんだのが、戸田渡で聞いた三人連れの女のことだった。だが、その確証はない。とにかく千早という女はあやしい。

「平左衛門よ。娘が来たら隠すんじゃないぜ。捕まえるんだ。逃がすようなことも許さねえ。お夕が借金の形《かた》だということを忘れるな。そんなことはあっちゃならねえが、もし、お夕を自由にしたいというなら二百両都合するんだ。お夕が見つからなかったときも同じだ。期限はあと五日だ。だが、そうならないことを祈っている。また来る」

仁七はそのまま岡田屋をあとにした。

表に出ると、いまにも雨を降らしそうな空をにらみあげた。鼠色をした雲がすっぽり空を覆っている。もう一度戸田渡に行ってみよう。川会所の佐吉に会う用事もある。

そう決めた仁七は、野々山の待つ茶店に戻った。

「戸田渡まで付き合ってくれませんか？　どうもおかしなことがあるんです」

「どういうことだ？」

仁七は平左衛門から聞いたことを話した。

「おまえの名を知っているというのは妙なことだな」

野々山もそんなことをいう。

四

戸田渡の手前で雨が降りはじめた。足を急がせていた仁七は空を憎々しげににらんで、さらに足を速めた。野々山もいっしょである。通りゆく者が傘をさし、傘を持っていない者は雨宿りの場所を探して駆けだした。

川会所前の茶店に飛び込んだ仁七は、店の亭主に声をかけた。

「何でございましょう……」

「おまえさんが見たという浪人連れの女三人のことだ。そのなかに年のころ三十ぐらいで、器量のよい女がいなかったか？」

　亭主は外の雨をしばし眺めてから答えた。

「器量はみなさんようございましたよ。もっとも頭巾を被ったまま菅笠を脱がなかった人の顔はよく見ておりませんが、若かったように思います」

　その女がお夕かもしれない。仁七は目を光らせた。

「三十年増の女がいなかったか？」

「ひとりはそんなふうでした」

　仁七はさっと川会所に目を向けた。若い女が川会所を訪ね、佐吉を呼び出している。佐吉はその女たちといっしょにどこかに行っている。

「野々山さん、ここにいてください」

　仁七はそのまま川会所に足を運んだ。

「佐吉さんはいるかい？」

　仁七は土間に入って小役人たちをひと眺めした。すぐそばの上がり口で茶を飲んでいた男が立ちあがった。若い男だ。

「佐吉ならわたしですが……」

仁七は佐吉を品定めするように凝視した。それからまわりの視線を気にして、

「ちょいと聞きたいことがあるんだ。そこの茶店に付き合ってくれ」

と、有無をいわさぬ口調でいいつけると、そのまま茶店に戻った。

庇《ひさし》の下にある縁台に腰掛けると、訝しげな顔をした佐吉を隣に座らせた。

「いったいなんでございましょう」

仁七は勿体をつけるように、斜線を引く雨を見てから、佐吉に顔を向けた。そのまま佐吉を凝視する。どんな嘘も見逃さないという目である。

「蕨に岡田屋という種油屋がある」

佐吉の目に警戒の色が浮かんだ。仁七は勘があたったという感触を得た。

「そこにお夕という娘がいる。おまえさん、その女を知っているな」

佐吉はまばたきをして、つばを呑んで喉仏を動かした。膝に置いた手をやんわりと握りしめる。人間が警戒するときの動きだ。やはり、この男はお夕を知っている。それもただならぬ関係だろう。

「知ってるな」

「なぜそんなことをお訊ねになるんです」

「知ってるかどうかと聞いてるんだ」

どすを利かせると、佐吉の顔がこわばった。

「……知っていますが、もうお夕はいませんよ」

言葉を選ぶようにして佐吉はいった。

「いないって、どういうことだ？」

「それより、あんたは誰です？　見も知らない人に、いきなりそんなことを聞かれるのは心外です。そもそも不躾《ぶしつけ》ではありませんか」

佐吉は頬を紅潮させた。多少は骨のある男のようだ。

「おれは仁七という。お夕に会いたいんだ。居場所を教えてくれないか」

仁七は下手に出るものいいをしたが、佐吉からはいっときたりと目を離さない。

「……そ、そんなことは知りませんよ。お夕は江戸に……奉公に出ているんです。会いたければ、そっちに行かれたらいかがです。奉公先がどこかは知りませんが……」

仁七は黙したまま佐吉を見つめつづけ、考えた。この男はお夕を知っている。そして、頭巾をして菅笠を被った女がお夕のはずだ。つまり、佐吉はお夕に会っているのだ。だが、ここで問い詰めても佐吉は知らぬ存ぜぬを貫き通すだろう。

「そうだな。お夕の奉公先に行くべきだろうな。だが佐吉さんよ、ひとつだけいっておいてやる。知っていて知らないといったことがあとでわかったら、ただじゃすまねえぜ」

仁七はちらりと野々山を見て、目配せをした。野々山が佐吉の隣に立って、首の骨をコキッと鳴らし、ついで刀の柄《つか》に手を添え、ゆっくりと鯉口を切った。佐吉がビクつくのがわかった。脅しはこれで十分だろう。

仁七は立ちあがると、

「佐吉さんよ、それじゃお夕に会ったらよろしくいってくれ。仁七という男が、目を皿にして捜しているとな」

といい残して、雨のなかに歩きだした。野々山があとを追いかけてくる。

「仁七、どういうことだ。あれでいいのか？」

「佐吉はまだおれたちを見てるはずです。後ろは見ないでくださいよ」

「わからぬことをいうやつだ」

「お夕はこの近くにいますよ。佐吉はその居場所を知っているはずです」

「だったら、締めあげればよいではないか」

「人目があります。ですが、手荒なことをしなくても佐吉が、お夕のところに案内してくれますよ」

「また、わからぬことを……」

仁七は雨に濡れながら歩いた。それから川会所から見えないところまで来ると、急に立ち止まった。

「野々山さん、蕨にいる仲間を呼んできてくれませんか。面倒をおかけするのは重々承知ですが、あっしは佐吉を見張っていなけりゃなりません」

「また渡船場に戻るのか」

「佐吉は必ずお夕に会いに行きます」

「……そういうことか。よし、わかった。おまえのためだ」

野々山はしぶしぶながら折れて、蕨宿に戻っていった。その姿を見送った仁七は、畑道に入って川会所のほうへ引き返した。

雨のせいで、往還を往き来する人の姿が絶えていた。仁七は野路を辿りながら、ようやくお夕を捕まえることができると、にわかな興奮を覚えた。だが、まだ油断はならないと気持ちを引き締める。

「それにしてもよく降りやがる」

声に出して空をあおいだ仁七の顔を、雨がたたいた。

五

「ひでえ降りになりやがったな」

吾吉は軒先からぼとぼと落ちる雨のしずくを恨めしく眺めてぼやいた。宿場の往還には傘をさしたり、簑笠《みのかさ》を被った行商人の姿があるぐらいで、人の姿はまばらだ。

板橋を発った吾吉は、四人の仲間を連れて蕨宿に入ったばかりだった。いま、仲間といっしょに宿中《しゅくなか》にある茶店で雨宿りをしているのだった。

本来ならここに野々山竜蔵を連れてきたかったが、いくら捜しても見あたらなかった。野々山は一家の用心棒で、萬作もその腕を信頼しているが、ときどき雲隠れすることがある。もっとも二、三日すると、どこからともなくふらりと戻ってくるのだが、間の悪いことに今日は、萬作に暇をもらって出かけているという。

吾吉はしかたなく、一家のなかで腕の立つ男たちを集めてきたが、あの浪人を相手にどこまで戦えるかあまり自信がなかった。こうなったら、女三人を捕まえて板橋に戻るしかないと腹をくくっていた。

「吾吉、やみそうにないぜ。どうするよ」

　末造が茶を飲みながらいう。

「小やみになったら旅籠をあたるんだ。あの女たちがこっちのほうに来たのはわかっているんだからな」

　吾吉は煙管に刻みを詰めた。

　戸田渡で浪人連れの女三人の姿を見た船頭がいた。また、戸田側の舟着場でも同じ話を聞いた。あの浪人と三人の女は川を渡っている。この蕨のどこかにいるかもしれないが、浦和や大宮まで進んでいることも考えなければならなかった。

　とにかく女の足は遅い。足取りさえつかめば、すぐ追いつけるはずだった。出来たばかりの水溜まりで、雨粒が跳ねつづけている。茅葺きの屋根を打つ雨音もする。

　しかし、ひどい降りもそう長くはつづかず、小半刻ほどすると雨脚が弱くなった。

「この茶店はちょうどいいや」

　吾吉は座敷のある店のなかを眺めて、ここを待ち合わせの場所に使うことにした。

「みんな、手分けして旅籠をあたるんだ。聞き込みが終わったらまたここで落ち合おう」

「浦和に何人か向かわせたほうがいいんじゃねえか」

源次郎が顎髭を触りながらいう。

「それも手だが、この宿場は大きい。手分けして旅籠をあたるのが先だ。いなけりゃ、そのまま浦和に向かう。なに、浪人を連れた女三人だ。いやでも目につくはずだ」

「それじゃぼちぼち取りかかるか」

源次郎が縁台から腰をあげた。それにならって他の者たちも立ちあがった。みんな股引に草鞋履き、木綿の着物を尻端折りして長脇差を腰にぶち込んでいた。

吾吉たちは小やみになった雨のなかに足を進めていった。出てきたばかりの茶店の女と亭主にもぬかりなく、三人の女たちのことを聞いていたが、見ていないという返答だった。もっとも見逃していることも考えられるので、吾吉は旅籠をあたるついでに茶店にも聞き込みをしなければならなかった。

おきよは縁側に立って、小降りになった雨の遠くを見ていた。それから思い詰めた

顔で、

「あんた……」

と、亭主を振り返った。平左衛門は行灯のそばで酒を飲んでいた。その顔が行灯のあわい明かりに染まっている。

「なんだ」

「どうするよ。あたしゃ、やっぱり逃げたほうがいいと思うよ」

おきよは平左衛門のそばに行って座った。

「だってお夕は見つかりっこないよ。死んでるかもしれないんだよ。死んでなくても、あの子は馬鹿じゃないから、すぐに帰ってきたりはしないさ」

「…………」

平左衛門はじっと畳に視線を落とした。

「あと五日だとあの女衒はいったじゃないか。五日のうちにお夕が戻ってこなかったら、金を都合しなきゃならないんだ。二百両なんて金がどこにある？　逆立ちしたって、天地がひっくり返ったって作れる金じゃないよ」

「わかってるよ！　ちったぁ静かにしねえか。さっきからうだうだいいやがって

「……」

「あんたがちっとも考えてくれないからじゃないか」

「おれだって考えてらぁ」

「だったらどうするんだい？」

「おめえのいうことはわかっている。だが、お夕はおれたちの娘だ」

「戻ってきたら、どうせあの女衒に引き渡すんじゃないか」

平左衛門は静かに顔をあげて、おきよを眺めた。それからやるせなさそうに首を振って、盃をあおった。

「てめえの娘だってえのに、女衒の味方しやがって……」

「味方してんじゃないわよ。そりゃ、金があったら、あんたがもっとしっかりしてりゃこんなことにはならなかったんだよ。だけど、いまさらそんなことをあれこれいってても何もはじまらないじゃないのさ。それとも、なにかい。あんたは金をこさえて、お夕を取り返すつもりかい。そんなことはできっこないだろ」

「そりゃ……」

平左衛門は片腕で口をぬぐった。

「もらったあの百両はもうないんだよ。手許にいくらあると思っているんだい。お夕が五日のうちに戻ってこなけりゃ、わたしたちはどうなるんだい」

「…………」

「女衒の連れてきた侍を見ただろ。おっかなそうな顔をしてたじゃないか。ありゃ何人も人を斬っているよ。二百両払えないと、あの侍にばっさり斬られちまうんだよ」

　平左衛門は大きなため息をついて、肩を落とした。

　そんな亭主が、おきよにはずいぶんちっぽけに見えた。

「……取り立ての金はどうする？」

「たかが、二両じゃないか。先方は払う気なんかないんだよ。約束の払いは三日前だった。それがもう三日待ってくれという。そんな話は信じないほうがいいよ。二両のために命を落とすなんざ、わたしゃごめんだね。体さえありゃ、やり直すことだってできるじゃないのさ」

　ひょいと平左衛門の顔があがった。そのまま、まじまじとおきよを見つめる。

「……そうか、いわれてみりゃそうだ。おまえもたまにはいいこといいやがる」

「なんだい？」

「やり直すということだ。……そうだ、体がありゃできるかもしれねえ」

「あんた」

「おい、おまえのいうとおりかもしれねえ。やり直して、また銭儲けができりゃ、お夕を身請けすることだってできる。そうだな」

「ま、そうだね……」

「お夕はおまえがいうように帰ってこないだろ。まんまと逃げおおせるかもしれないが、捕まって吉原に送られるかもしれねえ。いずれにしろ、いまのおれたちにはどうすることもできねえ。そうだな」

「だから、いってるじゃないのさ」

「よし、おきよ。逃げるぜ。おれたちも逃げるんだ。あの女衒に見つからない土地に行ってやり直すんだ」

「やっとわかってくれたかい。まったくおまえさんて人は、世話が焼けるね」

「そうと決まったら、これは恵みの雨だ。あの女衒に見つからねえように逃げるんだ。おい、支度をしろ」

平左衛門は生き返ったような顔になって立ちあがった。おきよも釣られて立ちあがり、早速支度にかかった。

六

「姉さん、雨が弱くなったわ」

柱にもたれ、ぼんやり外を眺めていた夏がいった。

「このままやんでくれないかしら……」

千早も小降りになった雨を見ながらつぶやいた。外はもう暗くなっていた。そんな表をお夕はまんじりともせず眺めていたが、金三郎は片手枕で昼寝をしていた。

「少し早いけど先に行って待ってましょうか」

千早はお夕に話しかけた。

「そうしましょう」

「それじゃお夏、金さんを起こして」

そういうまでもなく、金三郎は半身を起こして、

「まいるか」

と、差料を引き寄せた。

「出かけられますか」

いろいろ世話をしてくれた三島正三郎が奥の間から顔を見せた。

「ええ、雨も小やみになりましたし、何となく落ち着かないので先に行って待つことにします」

千早はそういって正三郎と妻の妙に礼をいった。お夕もならって頭を下げた。

「佐吉さんがどんな考えでいるかわからないが、もし困ったことになったらまたここに戻ってきなさい。だけどお夕、しっかりするんだよ。死ぬ気で逃げてきたんだ。その気持ちがあるなら、どんな困難に出合っても、きっと道は切り開けるはずだ。とにかく気をつけておゆき」

「はい、ありがとうございます」

「今夜のこともある。遠慮せず戻ってきてもよいからな」

正三郎はあくまでも面倒見のいい男だった。妻の妙がみんなのにぎり飯を作っていた。それを夏が受け取り、持っていくことにした。

「傘も持っていくがよい。また雨がひどくなるかもしれぬからな。それから、女衒が目を光らせているはずだ。別々に離れて行ったほうがいいのではないか」

戸口の外に出てからも正三郎は気を回してくれる。

「はい、そうするつもりです」

千早が答えると、正三郎はひとり一人に傘と提灯を渡してくれた。

表はすっかり暗くなっていた。まるで墨で塗り込めたような暗さだ。肌に張りつくような小糠雨が、提灯の明かりに浮かんで見える。

みんなは揃って戸口を離れた。心配そうに見送る正三郎と妙は、いつまでも戸口の前に立っていた。

「おれがお夕といっしょに歩こう。千早さんとお夏はあとからついてきてくれ。提灯の明かりがあるから見失うことはないだろう」

しばらく行ったところで、金三郎がそういった。

「お夕、道はわかるな」

「ええ、明かりがなくてもあの水車小屋ならわかります」

「そういうことだ。それじゃ、先にまいる」

千早と夏は二人を見送ってから、半町ほどの距離を置いて歩きはじめた。

「佐吉さん、ちゃんとやってくるかしら」

夏が足許に気をつけながらつぶやいた。

「来なければ困るじゃない」

「そりゃそうだけど、まさか仁七という女衒が佐吉さんとお夕ちゃんの関係を知っていたらどうなるかな」

「お夏、それはなんべんもお夕ちゃんがいってるじゃない。二人のことは誰も知らないはずだって……」

「そうだけどさ。佐吉さんがしゃべっていたらどうなる……」

千早は横を歩く夏に顔を振り向けた。

「そんなことあるかしら。佐吉さんはそんな男には見えなかったけど」

「男って女の自慢したがるじゃない。傍目《はため》にはわからないわよ」

「なんだか、お夏はいやなことばかりいうのね」

「だってこういうときは用心深くなっていたほうがよいのではなくて……。姉さんはいつもそんなこといってるでしょ」

「わたしが……そんなこといってるかしら」

「いってるわよ」

千早は前を歩く提灯の明かりを見た。お夕と金三郎の姿が右に切れた。周囲は畑と林である。雨のせいで虫たちも鳴くのをやめて静かにしている。小糠雨なので、自分たちの足音と近くを流れる用水の水音しか聞こえない。

千早はときどき周囲に注意の目を向けたが、とくに気になる明かりはなかった。ずっと先にある宿場の明かりが、ぼんやりかすんでいるぐらいだった。

正三郎の家を出る前に暮れ六つの鐘が鳴ったので、待ち合わせまで半刻もなかった。佐吉と約束している水車小屋までは遠くなかった。おそらく正三郎の家から三町ほどだろう。

先を歩いていたお夕と金三郎が水車小屋のなかに消えた。それからほどなくして千早と夏も水車小屋に入った。

千早は戸板の隙間から外を窺ったが、不審な影は見えなかった。もっとも闇が濃いので、提灯の明かりでもないかぎり人の姿は見分けがつかない。

水車小屋は六畳ほどの広さがあった。地面に粗筵《あらむしろ》が敷かれていて、小屋の隅には籾《もみ》殻《がら》が積んであった。

ガタン、ガタンと等間隔で回る水車の軋む音がしていた。

「提灯はひとつでいいだろう。みんなは消してくれ」

金三郎が指図した。たしかに、小屋のなかに提灯が四つもあれば、明かりが外に漏れる。千早たちは提灯の火を消して、思い思いの場所に腰をおろした。

お夕は心配なのかさっきから黙り込んでいる。千早たちも無駄口をたたかなかった。ときどき、戸板の隙間に目をあてて佐吉がやってこないかたしかめた。

提灯の明かりが、ぽつんと闇のなかに浮かんだのは、千早たちが水車小屋に入って小半刻ほどたったころだった。

「誰か来るわ。佐吉さんかしら」

最初に気づいたのは、夏だった。全員、戸板の隙間に目をあてて近づいてくる提灯の明かりを注意深く見た。

「……佐吉さんだわ」

提灯の明かりに人の顔が浮かんだ瞬間、お夕がはずんだ声を漏らした。

夏が戸口を開けて声をかけた。

「佐吉さん、こっちよ」

呼ばれた佐吉は小走りにやってくると、小屋のなかに滑るように入ってきた。

「昼間のことだが、変な男が訪ねてきた」

佐吉は開口一番、そんなことをいった。

「どんな人？」

お夕が不安げな顔で聞き返した。

「仁七という目つきの悪い男だ。お夕ちゃんを捜しているといった」

千早は、はっとなった。

「仁七は女衒よ。お夕ちゃんの実家を訪ねていることもわかっているわ。それじゃ佐吉さんとお夕ちゃんのことを、仁七という男は……」

千早は目を見開いたままお夕と佐吉を見た。

「でも、わたしたちのことは誰も知らないはずです」

佐吉が驚きを隠せない顔でいう。

「カマをかけられたのかもしれぬ」

金三郎が口を挟んで、言葉を足した。

「とにかく、今後のことを話し合うことだ」

表から声がしたのはそのときだった。

「お夕、手間をかけさせるんじゃねえぜ」

全員がその声に金縛りにあったように棒立ちになった。

第六章　岡田屋

一

ガタン……ガタン……ガタン……。

せっぱ詰まった緊張感を破るのは、水車の立てる音だった。

「どうするの金さん」

千早はかすれた声で金三郎を見た。やってきたばかりの佐吉は、こわばった顔でお夕の肩を抱いていた。金三郎は板壁の隙間から外をのぞき見て、表に問いかけた。

「誰だ？」

「……野郎がもうひとりいるようだな。いいからおとなしくお夕を渡すことだ。そうでなきゃ力ずくで取り返すことになるぜ」

「仁七という女衒よ……」

お夕が震え声を漏らした。千早は小屋のなかを見まわすが、出入口はひとつしかない。

「仁七の他に仲間がいる。……全部で七人だ」

そういった金三郎が全員を振り返って、低い声でつづけた。

「お夕、三島先生の家は女衒も知らないはずだ。おれがやつらを引きつける隙に逃げて、先生の家に戻れ。佐吉、お夕を守ってくれるな」

佐吉は硬い表情のままうなずいた。

「さいわい外の闇は濃い。夜目は利かないから闇にまぎれるのだ。よいな」

みんな、金三郎にうなずいた。

「おい、何をしてやがる！　早くお夕を出しやがれッ！」

再び苛《いら》ついた仁七の声がした。

「待ってろ。いま出る」

金三郎が返事をして、もう一度みんなを見た。

「金さん……」

夏が心許ない声を漏らしたが、金三郎は鯉口を切って水車小屋の戸に手をかけ、そのままゆっくり開けた。表に立つ男たちの姿が提灯の明かりに浮かんだ。

金三郎はそのままゆっくり歩いて立ち止まった。

「おい、用があるのはてめえじゃねえ。お夕を渡すんだ」

「それはできぬ相談だ」

「なんだと！」

仁七が目を吊りあげた。

「おい、冗談は休み休みいうんだ。お夕はおれが買い取ったんだ。見も知らぬてめえに勝手なことはいわせねえぜ」

「まあ、おぬしにもいろいろわけはあるだろうが、勝手ながらおれにもちょいと思うところがあってな。悪いがお引き取り願おうか」

「ふざけるなッ！　ええい、面倒だ。野々山さん、この野郎をたたき斬ってください！」

仁七がそう叫んだとき、金三郎が刀を抜いた。

瞬間、野々山という男が仁七の前に立ち塞《ふさ》がり、身構えた。金三郎は間髪を容《い》れず、野々山に撃ちかかっていった。鋼同士がぶつかり、小さな火花が闇のなかに散ると、仁七の仲間の持つ提灯が左右に割れるように動いた。

「いまよ」

千早の声で、まず佐吉とお夕が飛びだした。すかさず千早と夏がつづいた。

「や、待ちやがれッ！」

仁七が気づいて追いかけてきた。

千早と夏は必死に畦道を駆けた。真っ暗闇なので足許がどうなっているかわからない。先に水車小屋を出たお夕と佐吉の姿は、闇に溶け込んで見えなくなっている。

「お夏……大丈夫……」

千早は夏に声をかけて後ろを振り返った。提灯の明かりが背後に迫っていた。

「姉さん、どっちに行けばいいの？」

「そんなのわからないわよ」

実際どこに道があるかわからなかった。とにかく駆けるだけである。小糠雨が顔に張りついてくる。背後に足音と荒い息づかいがある。

金三郎のことも心配だが、いまは逃げることで精いっぱいだった。

闇の遠くにおぼろげながら宿場の明かりが見えた。

「お夏、向こうに明かりが見える。あっちに行くのよ。それから別れて逃げよう」

「わかったわ」

返事をした夏の気配がすぐに消えた。一瞬、千早は捕まったのかもしれないと思ったが、悲鳴はしなかった。背後を振り返ると、追っ手の提灯の明かりが離れていた。どうやら千早たちを見失ったようだ。

少し安堵したとき、千早は何かにつまずき、前のめりに倒れてしまった。思わず悲鳴が漏れそうになったが、奥歯を嚙んで堪えた。膝頭を地面に打ちつけたが、たいした痛みはなかった。すぐに立ちあがって、前に進んだ。と、今度は空《くう》を踏んで、一瞬、体が宙に浮いてしまった。あっと思ったときには、尻餅をついていた。

畦道を踏み外して畑に落ちてしまったのだ。慌てて背後を振り返ったが、提灯の明かりはどこにも見えなかった。仁七たちは完全に自分たちを見失ったようだ。

千早は畑に落ちたまま呼吸を整えて、しばらく様子を窺った。と、半町ほど先に提灯の明かりがとぎれとぎれに垣間見えた。追ってくる仁七たちは、木立の向こうを捜しているようだった。

まさか、お夏が追われているのでは……。

いやな胸騒ぎがしたが、たしかめることはできない。もう一度立ちあがった千早は、今度は足許を探るように歩きだした。金三郎のことも心配であるが、まずは三島正三郎の家に戻ることが急がれた。

二

吾吉は浦和から蕨に引き返してくる途中だった。両宿の距離は一里十四町なので、さほど時間はかからない。ただし、連れている仲間は二人だった。

その日、吾吉は蕨で件《くだん》の浪人と三人の女の行方を捜したが、いっこうに手掛かりをつかめなかった。おそらく浦和方面に向かったのだろうと思い、浦和に足を運んで散々捜したが、そこでも手掛かりはつかめなかった。それに浪人連れの女三人を見たという者にも出会わなかった。

吾吉はそこで、必死に頭をはたらかせた。浦和を素通りして大宮方面に向かったということが、まず考えられた。しかし、浪人と女三人の一行は少なからず目立つはずである。それなのに誰も気づかなかったというのはおかしい。

そう考えると、一行はまだ蕨に留《とど》まっていると考えられた。宿場ではなく、近くの知り合いの家を訪ねているのかもしれない。

そうであれば、蕨をもう少し捜すべきだと考えたのだ。しかし、念のために大宮にも探りを入れるべきだと考え、二人の仲間を大宮に送り込んで聞き込みをさせることを忘れなかった。

吾吉が蕨に戻るには、もうひとつ理由があった。やつらは旅をするにしては荷物が少なかったという、巳之助の言葉を思い出したからだった。おそらく一行は長旅ではないはずだ。

「もうすぐ蕨だが、もう一度聞き込みをするのかい？」

吾吉の隣を歩く為次郎が気のないことをいう。

「そのつもりで戻っているんだ」

「おめえがいらぬことをするから、こんな面倒なことになったんだぜ」

「それをいうんじゃねえよ」

「こういうのを自業自得っていうんだよ」

末造という仲間も人捜しに飽きたことをいう。

「冷てえこというんじゃねえよ。おれだって、まさかこんなことになるとは思わなかったんだ。しようがねえだろう」

「とにかく蕨に戻ったら何か食いてえな。まずはそっちが先だ」

「ああ、わかってるよ。何でもいいから好きなもん食ってくれ。それから旅籠に話をつけなきゃならねえしな」

吾吉は不平を漏らす為次郎と末造に飯を食わせて、大宮に向かった仲間と約束した旅籠に入る予定だ。為次郎と末造は飯を食うついでに酒を飲むだろう。酒が入ると、この二人は人捜しなどやらないはずだ。吾吉はそのことを見越していた。自分のしくじりでないから、真剣味が足りないのだ。もっとも付き合ってくれていることには感謝しなければならないが、もし例の浪人と三人の女を見つけることができなかったら、自分はどうなるかわからない。

吾吉は旅籠に入ったら、もう一度聞き込みをするつもりだった。そうしなければならない。見つけられなかったときのことを考えると、恐ろしくてたまらない。

蕨宿はもう目と鼻の先だった。小糠雨が降りつづく暗い夜であるが、宿場には旅籠や煮売り屋の明かりがあった。

「吾吉、どこへ行っても同じだろう。そこの店でいいじゃねえか。なにしろ腹が減ってたまらねえんだ」

末造が提灯の明かりを見ていえば、為次郎も言葉を添えた。

「おう、そこでいいだろ。腹が減っては戦はできぬというしな。吾吉、そこに入っちまおうじゃねえか」

「わかった。そこでいいだろう。だが、酒はほどほどにしてくれよ。女たちのことがあるんだからな」

「わかってるって。心配するな」

為次郎が吾吉の背中をたたいて、安っぽい店の暖簾をくぐった。

三人は入れ込みに座ると、適当に肴と酒を注文した。傘はさしていたが、着物は雨を吸ってじめじめと湿っていた。

「この宿場にいないことがわかったら、どうするんだ?」

うまそうに酒を飲んだあとで為次郎がいった。

「大宮に向かうしかねえな」

「大宮でも捜せなかったら……」

末造がもう付き合いきれないという顔でいう。吾吉は内心でため息をつき、

「街道を上るしかねえ。まさか付き合わねえっていうんじゃねえだろうな」

と、為次郎と末造を眺めた。

「心配には及ばねえよ。ちゃんと付き合ってやるさ」

為次郎は大根の煮しめを口に入れて、もぐもぐやる。

「頼むぜ。おまえたちに見放されちゃ、おれはおしめえなんだからよ」

吾吉はいつになく気弱な顔でぼやくようにいって、言葉を足した。

「おれは先に旅籠を取っておく。すぐ戻ってくるから待っててくれ」

飲み屋を出た吾吉は、宿中にある三浦屋という旅籠を訪ねて、その夜の部屋を確保した。その足でさっきの店に引き返したが、途中にある何軒かの店に立ち寄って例の女たちのことを訊ねた。

「女たちには浪人がついているはずだ。覚えはないか……」

吾吉は真剣な目で相手を見るが、

「さあ、どうだったでしょうかねえ。うちの客になっていれば覚えていますが、女三人とご浪人という客はなかったはずですが……」

と、期待外れの返事しかなかった。

つぎの店もまたそのつぎの店も同じような按配だった。

肩を落として二人の仲間のいる店に戻るしかない。

小糠雨はしつこく降りつづけている。

明日も足を棒にするしかないと腹をくくるが、大宮に向かっている源次郎と伊助に期するものもある。吾吉は傘の庇をあげて、明日は天気になるだろうかと暗い空をあおいだ。

「吾吉ではないか」

ふいの声に顔を振り向けると、なんとすぐそばに野々山竜蔵が立っていた。

「これは野々山さん。いったいこんなところで何してるんです？」

「何をって、おれは人捜しをしているんだ」

「人捜し……あっしは野々山さんを捜していたんですよ」

「おれを、萬作親分が用でもあるというか？」

「いえ、そんなことではなくて……」

吾吉は蕨に来たわけを手短に話した。野々山はその経緯を黙って聞いていたが、そのうち太い眉を何度かひそめ、

「それはおかしなことだな。ひょっとすると、おまえが捜しているやつらとおれが捜

していいる女は同じかもしれぬ」

と、妙なことをいう。

「どういうことです？」

「おれが捜している女は、浪人連れだ。そして二人の女がそばについている。いまはもうひとり佐吉という若い男が増えたが……」

「するってえと、その浪人は三人の女を連れているってことですね」

「いかにもさようだが、おまえはなぜそやつらを……」

「それよりその三人はどこです？」

「この近くにいるはずだが、もう一歩のところでまんまと逃げられてしまった」

「すると、そいつらはこの宿場にいるってことですか？」

「おそらく。だが、おれも仲間とはぐれちまってな。旅籠に戻るところなのだ」

吾吉は目を輝かせた。

三

千早がほうほうの体《てい》で三島正三郎の家に辿りついたとき、すでにお夕と佐吉は居間に上がり込んで話をしているところだった。

「千早さん、ご無事でしたか。心配していたのですよ」

正三郎に迎え入れられた千早のもとに、お夕が駆け寄ってきた。

「何とか逃げてきたけれど、お夏はまだかしら……」

「いっしょではなかったのですか？」

「追いつかれそうだったので、途中で別れて逃げたんだけど……」

千早の脳裏に、ある光景が蘇《よみがえ》った。

畦道から畑に落ちたとき、木立の向こうに見えた提灯の明かりがあった。仁七たちは自分を見失ったが、夏のことは見逃さなかったのかもしれない。

まさか、そんなことはないだろうと、胸の内で否定するが、自信はなかった。

「いっしょに逃げたのであれば、じきにやってくるだろう。さあ、千早さんもあがって茶でも召しあがるとよい」

正三郎の勧めで、千早は居間にあがらせてもらったが落ち着かなかった。自分たちのために囮《おとり》になった金三郎も、どうなっているかわからないのだ。

「お夏は道に迷ったのかもしれない。暗い夜だし、明かりも持っていないし……」

千早が不安を口にすれば、

「もうしばらく待って来ないようでしたら、捜しに行ってみましょうか？」

と、佐吉が申し出た。

「そうね。あの水車小屋からこの家までそう遠くないのですからね」

千早はそう応じながらも、いやな胸騒ぎを抑えることができなかった。

「まさかこの家にやつらが来るということはないでしょうね」

新たな不安を口にしたのは佐吉だった。千早もそれを気にしていたが、

「この家に気づくことはないはずです。うちの親も親しい友達も、先生のこの住まいは知らないはずだから……」

と、お夕がいう。

「たしかにこの家を知っている者はかぎられる。何より越してきて日が浅いからな」

正三郎も自信ありげにいう。

「それにしてもおれがもう少し用心していればよかったのだ。まさか、女衒に尾けられるとは思いもしなかった。迂闊だった」

佐吉が自分を責めるようなことを口にしたとき、戸口がたたかれた。全員、息を呑

んで戸口に目を向けた。

「先生、小川です。開けてもらえますか」

金三郎だった。

声を聞いたとたん、千早はまっ先に腰をあげて、戸口に駆けて行き、心張り棒を外した。

「金さん、怪我はない？」

「おれは無事だが、他の者は……」

金三郎は汗まみれの顔で、お夕と佐吉を認めてから、夏はどうしたと聞いた。

「それがまだ帰っていないんです」

「いっしょではなかったのか？」

「あの女衒たちに追いつかれそうになったので、途中で別れたんです。もしや、それがよくなかったのではないかと、気が気でないのですよ」

「それは心配だな」

「道に迷っているのかもしれませんが……」

金三郎は深刻な顔になって短く思案した。

「少し様子を見よう。いまはへたに動かないほうがよいだろう」

「あいつらはどうなったのです？　斬ったのですか？」

緊張の面持《おもも》ちで聞くのは佐吉である。

「斬ってはおらぬ。提灯の明かりがあったとはいえ、あの闇では斬り合いなどしょせん無理なことだ。お互いに思い通りに動けぬからな。それに相手を斬ってしまえば、かえって面倒なことになる」

金三郎は正三郎に断って居間にあがった。

「それじゃ、やつらは生きているんですね」

つぶやくようにいう佐吉は何やら思い詰めた顔で、宙の一点を見据えた。

「それより佐吉、これから先どうするのだ？　こうなったからには、おまえも無事ではすまされぬぞ。まさか、おまえがやつらを手引きしたのではなかろうな」

「そんなことはありません」

佐吉は心外だという顔をした。だが、金三郎はあくまでも冷静な顔つきだ。

「ならばどうする？　お夕を守ってやらねばならぬぞ」

お夕が佐吉を見れば、あれこれ思案をめぐらしていた千早も佐吉を見た。

「……こんなことになるとは思いもしませんでしたが、あっしは……お夕を女衒に渡すつもりはありません」

きっぱりいい切った佐吉に、お夕は熱い眼差しを向けた。

「お夕はあっしが守ります。どうかみなさん、力を貸してください」

佐吉はそういって頭を下げた。

「佐吉さん……」

お夕が佐吉にすがりついた。

「だけど、簡単にはいかないわ」

黙っていた千早が口を挟んでつづけた。

「穏便にすませるには、お金が問題になるはずです。佐吉さんには都合できるかしら……」

「それは……」

「金で片をつけることができぬとなると、他のことを考えなければならぬ」

金三郎が思案顔を佐吉に向けた。

「わたしはほとぼりが冷めるまで行方をくらまします」

いったのはお夕だった。

「佐吉さんといっしょに、ということ？」

千早はそういって言葉を継いだ。

「もし、いっしょに隠れるなら、佐吉さんは仕事をどうすればよいかしら。あの女衒は二人の仲に気づいているから、佐吉さんは今日までのように仕事はできないはずよ。それに、お夕ちゃんの親御さんだって無事にはすまないでしょうし、佐吉さんのご両親にも火の粉が飛ぶんじゃゃなくて……」

佐吉とお夕はそこまで考えていなかったらしく、はっと顔をこわばらせた。しばらく沈黙がつづいた。小糠雨が降りつづいているせいか、虫の声が途絶えている。燭台の芯がときおり、ジッと音を立てるぐらいだ。

それにしても夏の帰りが遅いと、千早は戸口を眺め、外の物音に耳をすました。ついに耐えられなくなって、心配を口にした。

「お夏……どうしたのかしら……」

「まさか捕まったのではないでしょうね。もし、そうだとすれば、いずれこの家がわかってしまうのではありませんか……」

いったのは正三郎だった。

千早はいよいよ気が気でなくなった。立ちあがると、戸口まで行って表の様子を窺ったが、夏が戻ってくる気配はない。音もなく雨が降りつづいているだけである。お夏どうしたのと、胸の内で呼びかけてみるが、気休めでしかない。

「いったいいくらあれば片がつくのでしょうか……」

千早が居間に戻ると、佐吉が思い詰めた顔でいった。答えたのは金三郎だった。

「仁七という女衒と話してみなければわからぬが、お夕には百両が支払われている。そのことを考えると、おそらくその倍は見積もるべきだろう」

「……それじゃ、二、百両」

金額を区切っていった佐吉は、目を丸くした。

四

千早たちが正三郎の家で、あれこれ思案しているころ、武蔵屋の客間で仁七と吾吉が話し合っていた。他の仲間も顔を揃えている。

「……吾吉さん、あんたが親分に申し渡されたことはよくわかりやした。ですが、お夕だけは渡すことはできませんぜ。あの女はわたしが買った女です。浪人と他の二人の女のことは好きなようにしてください」

仁七はそういって、ぬるくなった酒を口に運んだ。

「いいだろう。あの浪人は腕が立ちそうで厄介だから、女だけを捕まえちまおうと思っていたが、こっちには野々山さんもいるし、これだけの人数だ。どうにでもなるだろう」

「それじゃ話は決まりですね」

「ああ、あの浪人と女二人を押さえられりゃ、おれに文句はねえさ。明日になりゃ、もう二人仲間が増える」

吾吉は大宮に向かわせている仲間を明日呼び戻すといっていた。

「しかし、あまり手間はかけられない。お夕はおれたちがそばにいることを知った以上、蕨に長居はしないはずだ。いまこうしている間にも、蕨を離れているかもしれねえ」

仁七はそれを気にしていた。ここまで来て逃げられては困る。しかし、佐吉という男のことがわかったのはよかった。しかも佐吉は名主の倅だという。いざとなれば、お夕を匿っていることを盾に、佐吉の親から金を脅し取ることができる。

お夕と佐吉がすっかり姿を消してしまえば、それが最後の手段である。その前にお夕の親からも金を返してもらわなければならないが、あの食えない親の手許にはおそらくたいした金は残っていないだろう。それを思うと、無性に腹立たしくなる。

明日は何がなんでもお夕を捕まえたいが、その前にもう一度あの親に会おうと思った。

「それじゃ仁七さんよ、おれたちゃ旅籠に引きあげるぜ」

思案をめぐらしていると、吾吉がそういって連れの仲間に顎をしゃくった。

「明日の朝は早くから動きますからね」

「ああ、そのつもりだ。あいつらを逃がしたらことだからな。野々山さん、今夜はここ泊まりでいいんですね」

吾吉は仁七に応じたあとで、野々山を見た。

「どっちでもよいが、これから動くのは面倒だ。どうせ同じことではないか……」

「そりゃそうで、それじゃあっしらはこれで……」

吾吉は末造と為次郎という仲間を連れて部屋を出ていった。

た。

「明日だ。明日が勝負だ」

吾吉らの足音が消えると、仁七は仲間を眺めた。野々山と女衒仲間も仁七を見返した。

「これ以上もたもたしちゃおれねえ。明日こそはお夕を捕まえる。みんなもその気になって力を貸してくれ」

「もとよりそのつもりだ。それにやつらは、そう遠くには逃げていないはずだ」

そういった友蔵は欠伸《あくび》を嚙み殺した。

もうすぐ夜四つ（午後十時）になろうとする時刻だった。

「野々山さん、また邪魔が入るかもしれませんが、そのときは容赦いりませんよ。あの浪人さえ始末しちまえば、あとはどうにでもなります」

「さっきのことをいってるのか……」

「そういうわけではありません」

「あの闇のなかでは思うようにいかなかっただけだ。今度は遠慮などせぬ。久しぶりに手応えのある男のようでもあるし、おれとしても楽しみなのだ」

「よろしくお頼みします」

野々山に頭を下げた仁七は、外の闇に目を向けた。

五

どこかで鳴く鶏の声で千早は目を覚まし、壁にもたれかかったまま居眠りしていたことに気づいた。同じ居間に金三郎もごろりと横になっている。お夕と佐吉も隣の間で眠りこけていた。

決して広くない家なので、雑魚寝《ざこね》をして夜を明かしたのだ。

千早はまわりに視線をめぐらしたが、夏の姿はない。やはり捕まってしまったのだろうか。もし、そうであればどうやって助ければよいだろうかと、心が焦った。

襟を正し、帯のゆるみを整えると、障子を開けて外を見た。雨はやんでいた。朝まだきの空に、あわい光がにじんでいる。

「金さん、金さん起きて……」

千早は金三郎を揺り起こした。

「……お夏は？」

半身を起こした金三郎に、千早はか弱く首を振った。

「戻ってこなかったか……」

「昨日の水車小屋にこれから行ってみたいの。ひょっとすると、あそこに捕まっているかもしれない。昨夜、いろいろ考えていたんです」

「水車小屋に……」

「ええ。女衒はお夏を捕まえれば、取引をするのではないかと思うの。お夏を引き渡すから、お夕ちゃんを寄こせと……。もし、そういうことなら、女衒とわたしたちが知っている場所は、あの水車小屋しかないでしょう」

「なるほど」

金三郎は両手で顔を洗うようにしごいて、それじゃ行ってみようといった。

「お夕たちはどうする？」

「一応声だけかけて、待っていてもらいましょう」

そんな話をしていると、奥の寝間から正三郎が現れた。千早がこれから水車小屋に行ってくることを話すと、

「ならば、もしものことがあってはことだ。わたしはお夕と佐吉を、しばらく三蔵院で匿ってもらうことにする。何かあったら寺のほうを訪ねればよい」

正三郎は夏が拷問を受けて白状したときのことを危惧しているのだ。

「それはいい考えです。是非、そうしてください」

千早と金三郎はお夕と佐吉のことをまかせて、水車小屋に向かった。外はまだ暗く、朝靄が立ち込めていた。湿ってやわらかくなっている地面が二人の足音を吸い、すがすがしい草の匂いが風に運ばれてきた。

水車小屋の周囲に人影はなかった。用心しながら近づいたが、やはり人の気配は感じられない。ガタン、ガタンと、回りつづける水車の音がするだけだった。

金三郎が小屋の戸を引き開けたが、昨夜自分たちの置き忘れた提灯だけが転がっているだけで、人の姿はなかった。

「……いないな」

「どこにいるのかしら……」

千早は表に戻って、周囲を眺めた。野路も畑も靄につつまれている。東の空に、あわい光が感じられるだけだ。昨日より高い位置にある雲がゆっくり流れている。

「わたしたちは宿場のほうへ逃げていたから、その途中かも……」

千早は昨夜の記憶を頼りに足を進めていった。金三郎は地面に残っている足跡に注意をしていたが、それも途中でわからなくなった。

結局、宿場のすぐ裏手まで来てしまった。

「まさか、お夕ちゃんの家に……」

お夕の実家も女衒は当然知っている。取引の場所に使われてもおかしくない場所だ。

「行ってみるか」

金三郎も異論はないようだ。二人は岡田屋に足を向けた。表通りを避け、水路の走る裏道から岡田屋にまわった。勝手口で耳をすまして、屋内の物音や人の気配を探ったが、どうもよくわからない。

「ここで待っていてくれるか。表にまわってくる」

金三郎がそういって離れていった。千早は勝手口から縁側にまわって、屋内の気配を感じ取ろうと耳をそばだてるが、やはり何も聞こえなかった。周囲に立ち込めている靄がゆっくり流れている。

金三郎が戻ってきた。

「おかしい。人の気配はないが、戸は閉まっている。それも内から戸締まりをしているようだ。表からではない」

「それじゃお夕ちゃんの両親が……」

うむと、うなずいた金三郎は、勝手口の戸を拳で小さくたたいた。

「……岡田屋さん、いませんか？　岡田屋さん……」

声をかけてすぐだった。家のなかで人の動く気配が感じられた。

「岡田屋さん、いるんだったら開けてもらえないか……」

しばらく待つと、戸板一枚隔てた向こうに人の立ったのがわかった。息を殺して、千早と金三郎の様子を探っているようだ。

「岡田屋さん、開けてもらえないか、大事な話があるんだ」

再度声をかけた金三郎は、刀に手をかけた。相手はお夕の両親ではなく、女衒かもしれない。ところが、思いもしない声が返ってきた。

「ひょっとして、金さん……」

千早と金三郎は思わず顔を見合わせた。

「お夏なの。わたしよ。金さんもいっしょよ」

「やっぱり……」

夏の声が返ってきて、慌ただしく勝手口の戸が引き開けられた。

「どうしてここにいるのよ」

千早は夏の顔を見るなり、安堵した気持ちとは裏腹に咎《とが》め口調になった。

「歩けなくなったから、この店に逃げ込んだの。お夕ちゃんの親に助けてもらおうと思って……。でも誰もいなかったのよ」

「歩けなくなったって、どういうこと？」

「足を挫《くじ》いちゃったのよ。我慢して逃げたけど、だんだん痛みがひどくなって……。でも、もう大丈夫。一晩休んだら治ったみたい」

「それでお夕ちゃんのご両親は？」

「いないわ」

「いない」

千早は店のなかに入った。金三郎もあとからついてくる。家のなかを見まわしたが、たしかに誰もいない。

「どうしたのかしら……」

「そんなことあたしにはわからないわ。それよりお夕ちゃんと佐吉さんは？」

「無事よ」

「だったらよかった。ねえ、ちょっと湯を沸かすから待ってて。お茶が飲みたくてしかたなかったの」

夏はちゃっかりしたことをいって、竈に火をくべて湯を沸かした。

その間に千早は、みんながどんなに夏のことを心配していたかを話し、佐吉がお夕を守りたいといっていることを伝えた。

「そう、それじゃ佐吉さんは味方になってくれるのね」

話を聞き終えた夏は、自分のことのように安心した顔になった。

「佐吉はお夕を離さないといっているが、そう簡単にはいかぬ」

金三郎の言葉に、夏はなぜと、目をしばたたいた。

「佐吉には仕事がある。お夕を匿ったまま仕事に出れば、すぐ仁七という女衒に見つかってしまう。金で片をつけようとしても、佐吉にはまとまった金はできそうもない」

「じゃあ、どうすればいいの？」

「それが難しいところなのだ」

ふむと、金三郎は嘆息する。

千早は湯が沸いたので、三人分の茶を淹れた。

「でも、お夕ちゃんのご両親どこへ行ったのかしら。昨日会ったときは、すぐ店を払うようなことはいっていなかったけど……」

千早はもう一度家のなかに視線をめぐらした。

「夜逃げしたんじゃないの」

夏があっさりといったとき、金三郎がシッと、唇の前に指を立てた。千早はゆっくり湯呑みを置いて、息を殺した。

「誰か戸口に立ったような気がした。気をつけろ」

そういった金三郎は差料に手を伸ばした。

「気のせいじゃないの」

夏がそういって茶を飲んだときだった。裏の勝手口がガラリと引き開けられた。

六

「これは朝から縁起がいいとはこのことだ」

勝手口を引き開けたのは、女衒の仁七だった。千早たちは居間に座ったまま、時間が止まったように動かなかった。仁七の背後には三人の男が控えていた。昨夜、水車小屋に来た者たちだった。

「お夕はどこだ？」

仁七が敷居をまたいで入ってきた。すぐ後ろに、昨夜金三郎が剣を交えた野々山という男がしたがった。さらに、ひとり、またひとりと男たちが土間に入ってきた。

「金さん……」

千早は震え声を漏らして、金三郎のそばに下がった。

「おい、お夕はどこだと聞いてるんだ。おれが用があるのはお夕だけだ。素直に教えてくれりゃ、何もしねえで帰る」

「知らないわ」

千早が気丈に応じると、仁七の口がねじ曲げられた。

「正直にいわねえと、無事にはすまされねえぜ」

「知らないことを知っているとはいえないわ。昨夜、水車小屋を出てからはぐれたんですから、わからないのよ」

「何だと……」

仁七の頬が朱に染まった。そのとき、仁七の仲間のひとりが土間を駆けて、戸口を引き開けた。そこにも人が立っていた。新たな男たちが三人入り込んできた。全部で十人。逃げ場はなかった。

「よお、また会ったな」

表から入ってきたのは、板橋で夏にちょっかいを出した吾吉だった。

「おめえにひでえ目にあわされて、おれは散々だぜ。ええ、くそ浪人よ」

吾吉は金三郎を見据えながら吐き捨てた。

千早と夏は金三郎にすがりつくように一塊りになった。この危機をどうにかして切り抜けなければならないが、千早には相手の人数が多すぎて、どうすればよいかわからなかった。

「くそ浪人とは恐れ入る」

金三郎が言葉を返した。

「粋がるんじゃねえよ。だが、おめえに用はねえ。そこの女をおとなしくこっちに渡すんだ」

「おまえに預ければ、幸せにしてくれるか……」

「おお、天国に昇るほど幸せにしてみせらあ」

「お断りだな」

金三郎は片膝を立てると、片手にした刀の鯉口を親指を使って切った。

「仁七さんよ。こいつらをどうする？」

吾吉が仁七に目を向けた。

「あっしはお夕を取り返すことができれば、それで文句はありませんで……」

「そうかい」

「お夕ちゃんだったらここにはいないわ」

千早は恐怖に怯えながら毅然といい放った。

「どこにいる？　知っているなら教えたほうが身のためだ」

仁七が上がり框に片足をかけた。

「わたしたちに手を出さないと約束してくれるなら教えてあげるわ」

「姉さん……」

夏が驚いたように目を瞠って千早を見た。

「よし、いいだろう。教えろ」

「待って、それは表に出てからよ」

千早は表に出れば、活路が開けると思った。

「いいだろ。みんな、この女二人を表に出してやれ」

「それはならねえ」

遮ったのは吾吉だった。

「その女はおれが預かる。やっと見つけたんだ。表に出して逃げられたら、また面倒なことになる」

「おい、吾吉さん。それじゃお夕を取り返すことができなくなる」

「お夕のことなど知ったこっちゃない。おれはこの二人の女を連れて帰るだけだ」

「手を貸してくれるんじゃなかったのか」

仁七の顔が怒気を帯びた。

「貸してやってるじゃねえか。捕まえて、お夕って女の居所を白状させればすむことだ。まわりくどいことは真っ平ごめんだぜ。かまうことはねえ。そいつらを押さえるんだ」

吾吉は強引なことをいって、仲間二人と土足で居間にあがった。

「わたしたちに手をかけたら、何もしゃべらないわ！　近づかないで！」

千早は恐怖を抑えていい放った。凛とした声が家のなかにひびいた。

その一瞬、金三郎の刀が鞘走り、吾吉のそばにいた男の肩口を斬っていた。

「うわっ」

斬られたのは末造だった。後ろによろけると、襖《ふすま》を倒して横に転がった。

それを機に、まわりの男たちが長脇差を抜いた。

「下がっていろ」

金三郎は千早と夏を自分の背後にまわらせ、

「そこまで女がほしいなら力ずくで奪ってみやがれ。とことん、おれが相手つかまつる」

と、腰を低くしてまわりの男たちを睨《ね》めまわした。

「おう、望むところよ。てめえなんざ、撫で斬りにしてくれる」

吾吉が長脇差を振りまわした。金三郎はそれを軽く撥《は》ねつけて、かかってこようとした男の喉元に、刀の切っ先をぴたりと向けた。撃ち込もうとした相手は、そこで立ち止まって躊躇《ちゅうちょ》した。金三郎は徐々に下がる。千早と夏も合わせて下がった。

「おりゃッ！」

左に回りこんでいた野々山が撃ち込んできた。金三郎はかかとを使って反転して、襲い来る刃をかわし、正面から撃ち込んできた男の腹を突き刺した。

「う、うげっ……」

金三郎が刀を抜くと、男はそのまま前のめりに倒れて、体を痙攣《けいれん》させた。そこへ、また新たな斬撃が襲いかかってきたが、金三郎は鮮やかに右へ左へと打ち払いながら、雨戸のほうへ後退した。

「ええい、どけどけ、おまえたちは邪魔だ！」

野々山が男たちの背後で喚いていた。

「千早さん、お夏。雨戸を蹴破って外に飛び出したら、死に物狂いで逃げるんだ。いざとなったら問屋場に駆け込め」

金三郎は千早と夏を庇《かば》いながらも、襲いかかってくる刀をすりあげ、牽制の突きを送り込み、またひとりを斬った。

「ぎゃあー！」

斬られた男は仲間に寄りかかって、そのままいっしょに倒れた。

その一瞬の隙をついて、金三郎が雨戸を蹴破ると、千早と夏は表に飛びだした。

「早く逃げろ！」

金三郎の声で、千早と夏は表に駆けた。千早は途中で薪《まき》ざっぽうを手にして、振り返った。金三郎が追ってこようとする相手を食い止めていた。

宿場の往還に飛びだした千早と夏は、岡田屋の表口を見て、ギョッとなった。そっちから血相変えた二人の男が駆けてくるのだ。

「お夏、こっちよ」

千早は夏の手を引いて、反対側の路地に駆け込んだ。

第七章　廃寺

一

「待ちやがれッ！」

二人の男が千早と夏に迫っていた。このままでは捕まってしまうと思った千早は、パッと足を止めると、手にした薪ざっぽうを追ってくる男に投げつけた。その距離は五間《けん》もなかったし、相手は油断していたようだ。

宙をくるくる飛んでいった薪ざっぽうは、男の顔面に見事命中した。

「いてッ！　あいたたた……」

薪ざっぽうを食らった男は、顔を両手で覆ってその場にうずくまった。そのせいであとからやってきた男が、ぶつかって前のめりに倒れてしまった。

「あっちよ」

千早は水路を飛び越え、そのまま宿場に沿うように駆けた。振り返ると、仲間につまずいた男が立ちあがって駆け出すところだった。

「姉さん、これ使って」

夏が商家の裏にあった天秤棒《てんびんぼう》をつかんで投げ渡した。

「何よ、これ」

「槍の代わりよ。姉さん、剣術を習ってるんでしょ」

槍と薙刀の心得は多少なりとあった。しかし、昔のことだ。

「追いつかれるわ。あいつ足が速いわよ」

夏が背後を振り返って頬を引きつらせた。

「あんたも、何か持って加勢するのよ」

「……わ、わかったわ」

追ってくる男の荒い息づかいと足音がすぐそばにあった。千早は意を決して立ち止まると、天秤棒を槍のように構えてしごいた。男も立ち止まった。

「くそ、舐めたことを……」

男は手の甲で口をぬぐって、匕首を構えた。

千早は息を呑んだまま、じりじり下がる。夜露を含んだ雑草が足にからみついた。夏は武器替わりになるものを商家の裏で探していた。

「女だてらにおれに逆らおうってえのか……。おもしろいじゃねえか。へへ……」

男がじりじりと間合いを詰めてくる。

千早はシュッと天秤棒を突き出し、さっと引く。樫で出来た六尺の天秤棒は千早には重すぎたが、何もないよりはましだ。実際、男は腰を引いて警戒している。しかし、天秤棒を奪い取られたらそれまでだ。

千早は足を払うように天秤棒を横に振った。男は身軽にぴょんと、飛んでかわすと同時に、匕首をビュンと振ってきた。千早は目をつぶりたくなったが、必死に堪えて匕首を持つ男の腕をたたきにいった。が、これもかわされた。

だめだわ。天秤棒が重すぎて、思うように振りまわすことができない。千早は焦った、構えたままじりじり下がるしかない。男の仲間が来れば、捕まってしまう。何とか目の前の男を倒さなければならないが、自信がない。

「観念しな。もうここまでだ」

男が余裕の笑みを浮かべて踏み込んできた。同時に匕首が袈裟懸けに振られた。

「ひっ……」

千早は悲鳴ともつかぬ声を漏らして、天秤棒を斜め上に突きあげた。と、その天秤棒をつかみ取られてしまった。男の顔に余裕の笑みが浮かんだ。天秤棒をぐいと引っ張られるので、千早は必死に足を踏ん張った。だめだ、奪われてしまうと思ったとき、黒い影が男の背後に現れ、頭に物干し棹をたたきつけた。

バシッと、鈍い音がして、男の膝が崩れた。つかんでいた天秤棒も放した。目を何度もまばたきさせて、男の背後から襲った夏を見た。

「姉さん、何してるの」

夏の声で、千早は天秤棒を男の肩に打ち下ろした。

「あいたッ」

肩を打たれた男は手にしていた匕首を取り落とした。それを見逃さなかった千早は、今度は背中を思い切りたたきつけた。夏も手にした物干し棹で男の頭をばしばしたたきまくった。千早は天秤棒で男の腰や背中や脇腹を、たたいたり突いたりした。もう必死である。そのうち、男は畦道に倒れ、海老《えび》のように体を丸めた。

ビシッ、バシッと、夏の物干し棹が男の頭をたたきつける。

「お夏、もういいわ。行きましょ」

男は半分気を失っているようだった。背後を見たが、追ってくる者はいない。千早と夏はまた駆け出した。いつの間にか靄が晴れ、宿場を朝日が包みはじめていた。

早朝の宿場で大立ち回りがあったことなど知らない三蔵院の境内は静かだった。参道に足を踏み入れた千早と夏は、やっと人心地がついた。箒《ほうき》を持った小僧が本堂横で掃除をしており、地面にいた鳩たちが一斉に舞いあがって、本堂の屋根に移った。

「お坊さん、三島先生が見えていると思うのですけれど、どこにいらっしゃいます？」

千早は小僧に声をかけた。

「……庫裡《くり》におられます」

掃き掃除を中断した若い小僧は、千早と夏を交互に見てから、「あちらです」と庫裡のほうを指さした。

庫裡を訪ねると、上がり口横の座敷にお夕と佐吉の姿があった。正三郎と住職と思われる坊主が、隣の間で茶を飲んでいた。

「お夏さん、無事だったのですね」

お夕が上がり框までやってきて、安心したような顔を向けた。佐吉もそばに来て、安堵のため息をついた。

「昨夜逃げるときに、足を挫いて歩けなくなったので、お夕ちゃんの実家に逃げていたんです」

夏が乱れ髪をうしろに流していった。

「わたしの家に……」

お夕が驚いたように目を丸くすると、隣の間にいた正三郎がそばに来た。

「おあがりなさい。話はそれから聞こうではないか」

正三郎にいわれて千早と夏は座敷にあがり、これまでのことを交互に話していった。

水車小屋からお夕の家に逃げた夏のことと、ついさっきお夕の家に女衒の仁七たちがやってきたこと、そしてそれからの顛末である。

「それじゃ小川さんは、まだ女衒たちの足を食い止めているわけですか。大丈夫でありましょうか……」

正三郎が心配するように、千早もそのことは気がかりであったが、金三郎を信じるしかない。

「それでうちには誰もいなかったのですか？」

お夕が目をしばたたいて夏を見た。

「いなかったわ。お夕ちゃんの親は、なんだか出て行ったような気がする」

「どうして、そうだと……」

「誰もいなかったので、あたし勝手に家のなかを見てまわったの。箪笥《たんす》の抽斗《ひきだし》にある着物が減っているようだったし、化粧道具もなかったから……」

夏の話を聞いたお夕は、肩を落としてため息をついた。

「逃げたんだわ。……そんな親なんです」

つぶやいたお夕は、心底淋しそうな顔をした。

「でも、まだそうと決めつけるのは早いのではなくて……」

千早がいうのへ、お夕は首を横に振った。

「娘を相談もなしに吉原に売る親なんです。わたしはもうあてにしていませんから……」

あきらめ顔でいうお夕だが、悲しくもあり悔しいのだろう。膝の上の手を強く握りしめて、唇を引き結んだ。

「小川さんのことは心配ですが、ひとつ相談があります」

佐吉がかしこまった顔を千早たちに向けた。

「お夕ちゃんと話して決めたのですが、一度女衒と話してみようと思うんです」

「話をするって……」

千早の言葉を佐吉はすぐに遮った。

「このまま逃げているばかりでは前に進みません。それに、みなさんにご迷惑をおかけするばかりです。それならいっそのこと、仁七という女衒と正面切って話したほうがよいと思うのです」

「いいたいことはわかるわ。でも、女衒は話のわかるような男ではないでしょうし、この件を片づけるにはお金がかかるのよ。それも大金ですよ。そのお金はどうするの？」

「……工面したいと思います」

「できるの？」

佐吉はわからないと首を振ったが、親に相談するといった。千早はお夕を見た。

「お夕ちゃんはどうなの？」

「わたしは……佐吉さんがどうしてもっておっしゃるので……」

「それは無理だな」

突然の声が、割って入った。千早がそっちを見ると、戸口に金三郎が立っていた。羽織の片袖がちぎれ、汗びっしょりだ。

「金さん……」

夏が土間に飛び下りて金三郎に駆け寄った。

「とにかく、その件についてじっくり話そうではないか」

そういった金三郎は、夏に怪我はしていないから心配はいらないといって、座敷にあがった。

二

仁七は腹を立てていた。お夕を見つけられず、捕まえることができないということもあるが、助太刀をしてくれると思った茅場の萬作一家の吾吉が、お夕も一家に連れ帰るといったからである。

「それは認められませんぜ……」

仁七は髭面の吾吉をにらむように見た。

旅籠武蔵屋の客間だった。まわりには野々山もいれば、他の仲間もいる。だが、その数は減っていた。

「何が認められねえっていうんだ。おれが連れて帰るといえば、そうするだけだ。てめえのような人買いに文句はいわせねえ」

吐き捨てるようにいった吾吉は、灰吹きに煙管を打ちつけた。ぽこっと、音がした。

仁七はこの男をどうにか説得しなければならない。二人の女などどうでもよいが、お夕を取られてはならない。

「吾吉さん、お夕はおれが買った女ですぜ。金も払っている。そのことをわきまえてもらわないと困りますよ」

口調は丁寧だが、腹のなかは煮えくり返っていた。相手が萬作一家の子分でなければ、殴りつけているところだ。

「何も困ることはねえだろう。金を払ったのはてめえじゃねえ。吉原の亡八じゃねえか……え、そうだろう」

「あっしの懐も痛んでいるんです。お夕はあっしが連れていかなければならない女なんです」

「ならねえな。おれはあの浪人をぶっ殺して、女三人を連れて帰る。ただ、それだけのことだ。仲間を斬られているんだ。まあ、おめえの仲間もそうだろうが、あの連中を見逃すことはできねえ」

仁七はため息をついた。おそらく吾吉を諭すことはできない。かといってここで喧嘩もできない。だったらどうすべきかと、仁七は知恵を働かさなければならなかった。お夕の親は逃げてしまったので、もはや渡した金を取り返すことは困難だ。金で片をつけるのは難しい。やはりお夕の身柄を湊屋に渡さなければならない。道はひとつである。そのためには、目の前の吾吉を説得しなければならないのだが……。

仁七はそばに控えている女衒仲間を見た。みんな顔に怒気を含んでいるが、いいたいことを堪えている。野々山はどっちつかずの顔だ。

「……それじゃ」

「なんだ?」

吾吉が茶をがぶりと飲んで仁七を見る。

「ようござんす。とにかく女たちを捕まえるのが先です。いまここでそのことを話し合ってもしかたがないでしょう」

「おう、おめえのいうとおりだ。こんなところで油売ってる暇はないぜ。よし、そうと決まったらやつらを捜しに行こうじゃねえか」

吾吉が長脇差を持って立ち上がった。まわりの仲間もそれにあわせて腰をあげた。

しかし、動ける仲間はさっきより減っていた。斬られて怪我をした三人が使えなくなっているからだ。情けなくも女に痛めつけられた男も二人いるが、こっちは頭に血を上らせて何としてでも捕まえると息巻いている。

「仁七、どうする気だ。あの男のいいなりじゃ困るじゃないか」

そっと耳打ちするようにいうのは、清吉だった。

「わかってる。だが、お夕はおれが連れて帰る。うまくやるさ……」

仁七はそういってみたが、これといった考えがあるわけではなかった。

旅籠の玄関を出たとき、女衒仲間の玄之助が駆けてきた。

「仁七、お夕の居場所がわかるかもしれねえ」

その言葉に、全員が振り返った。

「どこだ？」

「手習いの師匠がいる。お夕はその師匠を慕っているそうだ。家もわかった。ひょっとするとそこかもしれねえ」

「家はわかるんだな」

「ああ、聞いてきたからな」

「みんなそういうことだ。人買いもなかなかやるもんだ」

威勢のいい声を張ったのは吾吉だった。

「それじゃ、案内してもらおうか」

仁七は吾吉をちらりとにらんで、玄之助をうながした。

そこへ新たな声がして、二人の男が駆けつけてきた。これは大宮に足を運んでいた吾吉の仲間だった。源次郎と伊助である。

「おめえたちが来てくれて助かるぜ、まったくひでえ目にあっちまったからな」

吾吉はそういって、女たちを見つけたが、連れの浪人にまたもや邪魔をされたことをざっと話した。

「ますますこのまま放ってはおけねえってことじゃねえか。それにしても野々山さんがいっしょだったというのに……」

伊助がいうのへ、野々山が言葉を返した。

「うまくゆかぬときもあるのだ。だが、もう同じことは繰り返さぬ。見ておれ」

「とにかく、行くぜ」

吾吉はそういって、案内役の玄之助をうながした。

あとにしたがう仁七は、このとき吾吉を殺そうと心に決めた。吾吉がいては邪魔である。歩きながらどうやって殺したらいいかと考えはじめた。

昨日と違い、空はからっと晴れ渡っている。往還にも普段のにぎわいが見られた。

「野々山さん、ちょいと相談を……」

仁七が野々山のそばについて、耳打ちするようにいった。その目は前を歩く吾吉の背中に注がれていた。

「なんだ？」

「おれについてもらえますか。吉原の傾城屋の用心棒だったら、もっと稼げます。あっしがその手はずを整えますので、吾吉の野郎を始末してください」

三

三島正三郎の妻の妙は、洗い終わった洗濯物を盥《たらい》に入れて庭に出たところだった。

雨あがりの空は気持ちよく晴れ渡っている。足許に盥を置き、物干しをざっと雑巾《ぞうきん》で拭き、洗濯物を干しにかかった。

と、先の道に一団の人の姿が見えたので、作業の手を止めた。やってくるのは十人前後の男たちだ。林を抜けた野路を、まっすぐこっちに向かってくる気配である。

妙は息を呑み、これは大変なことになったと、手にしていた洗濯物を手から落とした。そのまま後ずさるように下がり、もう一度男たちを見た。その姿がどんどん大きくなってきている。すぐに知らせなければならないと思った妙は、覚束《おぼつか》ない足取りでよたよたと駆け出した。

千早たちのいる三蔵院の座敷では、金三郎と佐吉の問答がつづいていた。

「……それでは、いかがすればよいのです。このままだとずっと逃げつづけることになるのではありませんか」

佐吉は何としてでも金を作るというが、話の流れから工面できるかどうかわからない。

「話のわかる相手ならともかく、仁七という女衒は板橋のやくざもつけている。金を都合したとしても、おそらくお夕は連れてゆかれるだろう。何度も同じことをいわせるな」

「わかりました」

二人の話に割って入ったのはお夕だった。

「わたしは小川さんのおっしゃるように逃げることにします。そうすれば、佐吉さんはこれまでどおり仕事に戻ることができます。ほとぼりが冷めるまで、わたしが行方をくらましていればいいのです」

お夕は思いを決した顔でいった。

「いいえ、それもできないでしょう」

今度は千早だった。「なぜ？」と、お夕と佐吉が同時に顔を向けた。

「女衒は佐吉さんのことを知っています。つまり、お夕ちゃんが逃げたとしても、仁七という女衒は、佐吉さんを拷問にかけてでもお夕ちゃんの居所を聞き出すはずです」

「それじゃ、いったい……」

お夕は戸惑うばかりである。

「二人で逃げるのが一番よ。佐吉さんもお夕ちゃんを守りたいならそうすべきよ。もちろん仕事があるかもしれないけど、親御さんも事情を話せばわかってくれるのではなくて……」

「そうよ。佐吉さんの親は名主なんでしょ。なんとでもなるでしょ……。姉さんや金さんのいうとおりだと思うわ」

夏も口を添えた。

「佐吉さん……」

お夕が困り切った顔をしたとき、

「みなさん大変ですよ。みなさん……」

と、息を切らしながら妙が土間に駆け込んできた。

「どうなさいました?」

千早が問うと、妙は一度自分がやってきたほうを見てから早口でまくし立てた。

「男たちが大勢で押しかけてきます。わたしの家のほうです。いずれここにもまわってくるでしょう。早く逃げないと捕まってしまいますよ」

「佐吉さん、どうするの?」

千早は佐吉をまっすぐ見た。佐吉は口を引き結んでうつむいたが、すぐに決心した顔をあげた。

「わかりました。あっしはお夕を守りとおします」

「よくぞいった。そうと決まればじっとはしておれぬ。すぐにでも出かけよう」

金三郎がさっと差料をつかめば、他の者たちも立ちあがった。寺の住職と正三郎に簡単な礼をいうと、千早たちは境内を駆け抜けて裏の道にまわった。

「どこへ行くのです？」

小走りになりながら佐吉が問うた。

「江戸だ。とりあえず舟で江戸に下る。とにかくやつらから逃げるのが先だ」

金三郎が答えた。

「それじゃ渡船場へ……」

「いや、戸田渡にはやつらの仲間がいるかもしれぬ。他に舟に乗れるところはないか」

佐吉は少し考えてから答えた。

「戸田から少し下った浮間村に舟着場があります。あっしの知った者がいますので、舟はどうにかなるでしょう」

「よし、そこへ向かう」


仁七たちは三島正三郎の家に来ていたが、家人はおろか誰もいなかった。

「どこへ行きやがったんだ」

吾吉が家のなかを見まわして、表に出てきた。

「近くにいるはずだ。手分けして捜すんだ」

吾吉の声で、それぞれ四方に散っていった。

「仁七、さっきの話ほんとうだろうな」

仁七を追いかけて野々山がやってきた。

「うまくまとめますので、あっしにおまかせください」

「よし、おまえの話に乗った。正直、萬作一家にはあきがきていたところだ。それに吉原となれば、何やら楽しそうではないか。ふふふ……」

「それじゃやってもらえますね」

「ああ、やつの仲間も撫で斬りにしてくれる。そうすりゃ萬作に知れることもないだろう。で、いつやっちまうか……」

「お夕を手に入れたときです」

「……わかった。そうしよう」

仁七はこれで当面の問題は片づくと、わずかばかり安堵した。あとはお夕を見つけるだけである。

小川沿いの道を歩いていくと、先に寺があった。右側には杉の木立があり、樹幹越しに広がっている畑が見えた。

「いたぞ！」

しばらく行ったところで、そんな声が遠くからした。仁七と野々山は同時に立ち止まって声のほうを振り返った。

「向こうの畑道だ！　おい、みんなこっちにこい！」

その声に、仁七と野々山は駆け出した。

周囲には刈り取り前の稲田が広がっていた。初秋の日射しを浴びた稲田は金色に輝き、爽やかな風にゆっくりなびいている。

千早たちは下戸田村に入ったところだった。佐吉のいう浮間村の舟着場まではそう遠くないらしい。一行は足を速めていたが、野路が雑木林に入る手前で、夏が背後を振り返って悲鳴じみた声をあげた。

「やつらが追ってくるわ」

千早たちは一斉に後ろを振り返った。土手の上に仁七たちの姿が見えた。一瞬、男たちと目が合ったような気がした。距離は三、四町はあるが、すぐに追いつかれそうだ。

「金さん、見つかってしまったわ」

千早の胸の鼓動が激しく脈打っていた。

「佐吉、舟着場まであとどのくらいだ」

「七、八町はあるでしょう」

金三郎は舌打ちした。

「このままでは捕まってしまう。何かよい考えはないか？」

佐吉は視線を泳がしたあとで、金三郎に顔を戻した。

「この先につぶれた寺があります。そこだったら隠れることができます」

「近いか」
「すぐそばです」
「よし、そこで様子を見よう」

四

仁七たちは畑の畦道から村を縫う道に出た。男はいても相手は女連れである。いずれ追いつくはずだった。ところが、雑木林を抜けた先で、一行の姿が忽然と見えなくなった。

荒川まで視界が開けているのに、どこを見わたしてもその姿がない。畑仕事をしている百姓の姿が遠くにあるだけだ。

「……隠れているんだ」

吾吉が荒い息をしながらまわりを見まわす。仁七も肩を上下させて、周囲に目を配った。畑の先に百姓家が数軒ある。西のほうに中山道が見える。

「畑のなかか……」

吾吉の仲間がそんなことをいって、畦道に足を踏み入れる。みんながいる野路は、荒川までほぼ一直線である。

「やつらはそう遠くへ行っちゃいねえ。その辺に隠れているんだ。捜せ、捜すんだ！」

吾吉がつばきを飛ばしながら喚いた。

そのころ、廃寺に籠《こ》もった千早たちは、見つかったときのことを考えて、反撃の準備をしていた。こうなったら戦うしかないと、腹をくくったのだ。

まず、正面の入口上に転がっていた大きな柱を荒縄でくくりつけた。縄を切れば柱はそのまま落下する。また、あちこち剝《は》がれている床に筵を被せた。落とし穴と同じで、そこへ足を乗せれば、そのまま床下に落ちることになる。

さらに佐吉は天井に近い明かり取りの窓に、転がっていた銅像を引きあげ、くくりつけた縄を梁にかけた。その一方の縄を外せば、銅像は振り子のように大きな弧を描いて反対側の壁に向かってゆく。途中に人がいれば、その犠牲になる仕掛けだ。

それらはすべて佐吉の考えだった。子供のころのいたずらを応用しているのだった。それに、この廃寺のことに詳しく、縄や筵といったものがどこにあるかよく知っていた。

千早と夏も黙って見ているのではなく、桟敷のようになっている中二階に、石や瓦を運び上げて待機した。

お夕はかつて仏像などが飾られていた祭壇の裏に身をひそめている。そこは狭い通路となっており、いざとなれば裏の竹林に逃げられるようになっていた。

表の様子を見ていた金三郎が、寺のなかに駆け込んできた。

「やつらがそばまで来ている。気づかれるかもしれぬ」

「こっちに来そうなの？」

千早が聞いた。

「そんな様子だ。とにかく、ひとりでもやつらを倒すしかない」

金三郎はさっと刀を抜いて、お夕の隠れているそばに身をひそめた。

「千早さん、お夏さん。おれが合図したら縄を切ってください」

佐吉が柱の陰から声をかけてきた。その佐吉は、どこで見つけてきたのか六尺ほどの棍棒を手にしていた。

「わかったわ。まかせておいて」

気安い返事をする夏だが、顔は緊張でこわばっていた。

みんなはそれぞれの位置について、息をひそめた。

林のなかで鴉がさかんに鳴き騒いでいた。

千早はお夕の隠れているほうを見たが、姿は見えない。寺の屋根は傾いており、一部に穴が空き、青空がのぞいている。その穴から、光の束が射していた。また板壁にも穴が空いていて、隙間風が吹き込んでいた。ときどき、その風がうずたかく積もっている埃を巻きあげた。

「お夏、心してかかるわよ」

千早は鼓舞するようにいって、襷の紐を結びなおした。

「姉さん、いざとなると肝が据わるものね。こうなったら死ぬ覚悟で戦ってやるわ」

夏が表情を引き締めて応じた。

そのとき表で鳴いていた鴉の声がやみ、人の声が近づいてきた。千早は壁の隙間に目を当てて、外を見た。すると二人の男が境内入口の階段をあがってきて、本堂前の広場に立った。あたりを見まわし、千早たちが隠れている本堂に目を注いだ。

その背後からまた新しい男がやってきた。千早ははっと息を呑んだ。隣にいる夏も気づいて、「やつだわ」とつぶやいた。吾吉だったのだ。

吾吉はぐるりとまわりを見て、自分が上ってきた階段のほうに声をかけた。

「おい、みんなこっちに来やがれ！」

階段下の道にいた仁七は、声をかけてきた吾吉を見あげた。階段は十数段と、そう高くない。

「おい、こっちを捜す。倒れそうな寺がある。畑のほうは見張りをひとり残しときゃいい。早く来い」

吾吉が命令口調で指図する。

仁七のそばにいた二人が階段を駆けあがっていった。

「くそ、あの野郎。何様だと思っていやがる。さっきからえらそうにあれこれ指図しおって……」

野々山が苛立つように、仁七も吾吉の采配を疎ましく思っていた。まるで親分気取りなのだ。

「おい、なにをしてやがる、早くこねえか」

もう一度吾吉が声をかけてきた。そのとき、仁七は野々山の頬が赤くなり、目が険しくなったのを見た。

「あの野郎、もう勘弁ならねえ」

野々山はそう吐き捨てると、階段をずんずん上っていった。途中で仁七を振り返り、赤く燃え立ったような目で、

「仁七、女たちを捕まえる前に吾吉の野郎を始末する」

と、宣言するようにいった。

「それはちょっとお待ちを……」

仁七は引き止めようとしたが、もう野々山は階段を上りきっていた。さっと腰の刀を抜くのが見えた。仁七は慌てて階段に足をかけた。後ろから他の仲間も駆けつけてくる。

仁七が階段を上ったとき、刀を抜いた野々山が吾吉の背後に迫っていた。

「吾吉、てめえ何様のつもりだ……」

その声に吾吉が振り返った。野々山の抜き身の刀を見て、

「どうしたんです？」

と、驚いたようにいう。

「どうしたもこうしたもねえ。さっきからおとなしくしてりゃいい気になりおって。おれを小馬鹿にしているのか」

「な、何をいってるんです。とち狂ったことはやめてください」

「なにを。とち狂っただと、もう一度いってみやがれ」

野々山はいうが早いか、刀を素早く一閃させていた。脇腹をたたく鈍い音がして、吾吉の口が悲鳴をあげるように開いたが、声を出すことはできなかった。片手で空を掻くと、そのままどさりと前に倒れた。

「な、なんてことするんです」

突然のことに肝をつぶした顔でいうのは、伊助という吾吉の仲間だった。為次郎という吾吉の仲間も腰の刀に手を伸ばしていた。

「おまえらもおれの機嫌を損ねるようなことをしたらたたっ斬る」

「そんなことをしたら萬作親分が何と……」

為次郎の声は途中で途切れた。またもや野々山が斬ってしまったからだ。為次郎はあわあわと、小刻みに口を動かしながら膝からくずおれ、そのまま地に伏した。

「なにかといえば、親分が、萬作がとぬかしやがる。てめえじゃ何一つできぬ与太者が……」

ペッと、地面につばを吐き捨てた野々山は、底光る目で他の仲間を眺めた。みんな凍りついた顔をしていた。仁七も野々山の唐突な行動に凝然となっていた。これで、仲間は萬作一家の伊助と、女衒仲間の玄之助、清吉、友蔵となった。これに野々山と仁七を入れて六人である。

「とにかく女たちを……」

仁七が気を取りなおしたようにいって、いまにも崩れ落ちそうな本堂のなかに足を向けた。他の者たちも仁七のあとにつづいた。

五

千早と夏は息を殺してじっとしていた。千早は荒縄を切る短刀を手にしているが、その手は震えそうだった。最初に仁七が扉を開けて入ってきた。夏がまだよと、千早の手をそっと押さえる。仁七のあとから他の男たちがひとりまたひとりと入ってきた。

蜘蛛の巣が張り、埃だらけのがらんとした本堂のなかに入ると、周囲を眺めた。

それからそっと足を進めてゆく。金三郎と佐吉は大きな柱の陰に身をひそめている。

「お夕、いるんだったら出てこい！」

仁七が右に動いて呼びかけた。

「隠れていても無駄だ」

もう一度仁七が呼びかけたとき、夏が「いまよ」とささやいた。千早は荒縄に刃先をあてていた短刀の柄《つか》に力を入れた。ぶつっと、荒縄が切れ、入口の上にくくりつけられていた柱がゴトッと音を立てて動いた。

仁七たちがその物音に気づいて、上を見あげたとき、大きな柱が本堂の床をめがけて落ちた。短い悲鳴のあとで、ドタン、バタンと大きな音がして落下した柱が、反動で激しく跳ねた。

「ぎゃあー」

悲鳴がひとつして、うわーッという声が重なった。ひとりが柱の下敷きになっていた。誰かわからないが、ひとりが落とし穴に落ちていた。怒号と悲鳴が交錯し、濛々《もうもう》と埃が舞いあがり、一瞬視界が利かなくなった。それでも霧のような埃のなかに動く人影が見える。

「姉さんやったわ」

夏がいうのへ、

「お夏、投げるのよ」

と、千早は運び上げていた石や瓦を一斉に投げはじめた。

そのとき、佐吉がもうひとつの荒縄を切った。直後、仕掛けられていた銅像が、ゴオーッと不気味な音を立てて振り子のように落ちていった。

「危ねえ！」

男たちのひとりが叫んだとき、ゴンと鈍い音がして、別の男が銅像に弾き飛ばされ、剝がれかかっている板壁に激突した。銅像はそのままぶらんぶらんと堂内で揺れていた。その間にも千早と夏は瓦と石を投げつづけていた。

それッ、えいッ、それッ……。

濛々と舞いあがる埃のせいで視界が悪く、相手への狙いが定まらないが、千早と夏は必死だった。その二人に気づいた男が上だ上だと叫んで、中二階にやってこようとした。しかし、その背中に柱の陰から飛び出した金三郎が一太刀浴びせた。

「うわあー」

男は悲鳴をあげはしたが、斬られてはいなかった。そのまま霧のような埃にまぎれて表に逃げた。すかさず金三郎が追いかけていった。さらに奥へ避難した男に、佐吉が襲いかかった。その二人も板壁を突き破って表に飛びだした。

　本堂に残った千早と夏は、手許にあった石や瓦を投げ尽くすと、荒い息をはずませて、堂内に目を凝らした。柱の下敷きになっている男がひとり、銅像に弾き飛ばされた男がひとりいた。落とし穴にも二人が落ちていて身動きしていなかった。

　舞いあがっていた埃が静かに落ち着いて、視界が利くようになった。

「お夏、お夕ちゃんを……」

　千早は桟敷から下りると、お夕のもとに駆けた。夏もついてくる。お夕は震えながら小さく縮こまっていた。

「さ、逃げるのよ」

　千早はお夕の手を取って裏の竹林に逃げた。そのまま奥に進んでいったが、

「姉さん、待って……」

　と、夏が途中で引き止めた。

　境内を振り返ると、金三郎がひとりの男の刀を払いあげて、そのまま袈裟懸けに斬った。

「あげっ……」

男は血潮《ほとばし》を迸らせて、前のめりに倒れた。これは女衒の清吉だった。

そして、仁七は佐吉と取っ組み合っていた。若い佐吉が仁七の脇差を奪い取り、横に飛んで逃げた仁七の腹を突いた。

「うっ……」

腹を突かれた仁七が両膝を折って、腹に手をあてた。その手が赤い血でみるみる染まっていった。佐吉は脇差を身構えたまま、肩で荒い息をしていた。

「佐吉、もういい。そこまでだ」

金三郎が懐紙で刀を拭いて鞘に納めると、ようやく佐吉も手にしていた脇差に気づき、ぽろっと地面に落とした。仁七はうずくまったまま、苦しそうに顔をゆがめ、腹を押さえていた。

「片がついたようよ」

つぶやいた千早はそのまま竹林を抜けて、金三郎たちのそばに行った。うずくまっていた仁七がお夕を見た。

「……お、お夕……てめえって女は、悪運の強い……」

声を途切れさせた仁七の襟を、金三郎がしゃがんでつかんだ。

「仁七、聞きたいことがある。この一件を傾城屋は知っているのか？」

金三郎は静かに仁七を見つめた。仁七の片頬に、にやっと笑みが浮かんだが、それはすぐ苦しそうに引き攣《つ》った。

「不始末はおれのせいだ。いえるわけがねえ。……それがどうした」

「傾城屋は知らぬのだな」

「そんなこたあ……どうでもいい。それより、ひと思いに、こ、殺してくれ……」

苦しそうに顔をゆがめた仁七は、血のついた手を金三郎の肩に伸ばした。

「……た、頼む」

そういった仁七だったが、その目から急に光の色が失われ、がっくりと前に突っ伏して動かなくなった。虚空《こくう》を見つめた目に、青い空が映り込んでいるだけだった。

千早はそのときになって、はっと思いついたことがあった。仁七の死体に取りつくと、懐をまさぐった。

「姉さん何をしているの？」

夏の声を無視して、千早は仁七の懐から一通の書状をつかみだした。広げてみると、身請証文だった。仁七とお夕の父平左衛門の署名があった。それぞれに印が捺《お》してある。

千早はその証文をくちゃくちゃに丸めて、お夕を見た。

「お夕ちゃん、これであなたは自由の身よ」

「ほ、ほんとに……」

お夕は大きな目を瞠っていた。

「おそらく大丈夫だろう。仁七の女衒仲間もいなくなった。傾城屋もこの一件は知らないという」

金三郎が言葉を添えた。

「そ、それじゃ、もうお夕ちゃんは追われることはないのですね」

佐吉も目をきらきら輝かせていた。

「おそらく……。だが、半月、いや一月ほどは念のために様子を見たほうが無難であろう」

「金さんのいうとおりだわ。佐吉さん、その間お夕ちゃんのこと匿っておけるかしら……」

千早は佐吉に目を向けた。

「それならご心配いりません。こんな大変なことがあったのです。何があってもお夕は守ってみせます」

佐吉はお夕を親しく呼び捨てにして、そう応じた。

「佐吉さん」

つつっと、歩み寄ったお夕の肩を、佐吉はしっかり抱き留めた。

千早たちはそんな二人を微笑ましく眺めた。

「さ、いつまでもここにいては面倒だ。舟着場にまいろう」

金三郎がみんなをうながした。

「それでしたら戸田渡に行きましょう。もうことは片づいたのです。舟の手配はあっしにまかせてください」

佐吉がそういうので、千早たちはまかせることにした。

六

野々山竜蔵はうっすらと目を開けると、ゴホゴホと咳き込んだ。それから鈍い痛みを感じる頭に手をやった。たんこぶが出来ていた。穴に落ちたとき、固いものを投げつけられたのだと気づいた。両手でまわりにある邪魔なものをどけて、床下から這い上がった。そばの床にひとりが倒れていた。柱の下敷きになっている者もいる。一方の壁にも首を横に倒して息絶えている者がいた。

足許に気をつけながら表に出ると、仁七とその仲間が死んでいた。

「あの女たち……」

野々山は目をぎらつかせて、体についた埃をばたばたと払うと、小走りに駆け出した。

千早たちは黄金色に輝く稲穂の田を縫うように、戸田渡に向かっていた。今年は豊作らしく、稲がよく稔っていた。刈り入れは間もなく行われるだろう。

その稲田の向こうに中山道を行き交う人々の姿が見えた。

「まっすぐ江戸に帰られるのですね」

佐吉が聞けば、

「ええ、店をいつまでも留守にしておくわけにはまいりませんから」

と、千早が答えた。

「落ち着いたら一度遊びに来てね、お夕ちゃん。もちろん佐吉さんといっしょよ」

夏がようやく普段の調子を取り戻していった。

背後に慌ただしい足音がしたのは、そのときだった。何事だろうと思って振り返ると、血相変えた男が駆けてくるところだった。

「ひッ。仁七についていた男よ」

夏が驚きの声を漏らした。やってくるのは野々山である。

「待ちやがれッ！」

野々山は吠えるようにいうと、さっと刀を引き抜いた。鋭い刃がきらっと、陽光を弾いた。野々山は股立ちを取ったまま、鬼の形相で迫ってくる。

「ここはおれにまかせておけ、みんなは先に舟着場に急げ」

みんなを急き立てるようにいった金三郎は、腰の刀を抜いて、畦道に立ち塞がった。

「早く行けッ！」

もう一度金三郎が怒鳴るようにいった。千早たちは背後を気にしながらも、足を急がせた。畦道を縫うように小走りで駆け、荒川の土手道に辿りついた。

背後を振り返ったが、金三郎と野々山の姿はどこにも見えなかった。

「大丈夫かしら、金さん……」

夏が泣きそうな顔でつぶやいた。

千早も心配でしかたなかったが、金三郎を信じるしかない。河岸場はもう目と鼻の先だった。茶店や人足小屋、あるいは小間物屋の建物がつらなっている。

一行がその河岸場に近づいたとき、茶店から数人の男が姿を現した。するとまた別の店からも男たちが現れた。その数はいつの間にか増え、十数人になった。

万筋や唐桟の着物を着流した男たちで、見るからに柄が悪い。全員が千早たちを品定めするように見てくる。

そのなかから、ひとりの男が進み出てきた。華奢な男だが、切れ長の細い目は異様に鋭い。この男だけが濃茶の羽織を着ていた。

「ちょいとお訊ねするが、あんたら板橋の柏屋という旅籠でおれの子分に挨拶をした女たちだな」

立ち止まった千早たちはお互いの顔を見合わせた。

「巳之助、間違いねえか」

「へえ、この女たちでございます。ですが浪人はおりません」

　華奢な男がひとりの男とそんな言葉を交わして、また千早たちに冷え冷えとした目を向けてきた。

「いったいなんの御用でしょうか？　それにいったいどこのどなたで……」

　千早が勇気を振り絞っていうと、目の前の男がへらっと笑った。

「……おれは茅場の萬作という。こいつらはおれの子分だ。吾吉という野郎が、おまえさんらにとんだ挨拶をされたからと、その礼をしに行ったはずだが、帰りが遅いので板橋から暇つぶしがてら様子を見に来たという次第だ。なるほど、吾吉がいうようになかなか器量のいい女だ。このまま放っておくのはもったいねえ」

「わたしたちは挨拶をした覚えも、礼をされる覚えもありません」

　千早は毅然とした顔でいう。もうちょっとやそっとのことに恐れはしないと、気持ちを奮い立たせていた。

「ほう、気の強いことをいう姉さんだ。それじゃ、言葉を変えて教えてやろう。……吾吉という子分が舐められたというのでな。おれとしても気がかりなのよ」

「お言葉を返すようですが、失礼をしたのは親分さんの子分のほうです。風呂場をのぞき、挙げ句、わたしの身内の手をつかんで尻をさわったのです。そんなことをされれば、誰でも頬のひとつぐらいたたき返すはずです。それとも、親分さんはそんなことを、我が子と同じ可愛い子分に躾られてらっしゃるのでしょうか」

「なに……」

萬作の目がギラッと光った。雲が太陽を遮ったのか、あたりが暗くなった。

「弱きを助け強きを挫くのが博徒の心意気だと思いますが、何も身につけていないか弱い女に手を出すのはいかがなものでございましょう。からかうにしても、度が過ぎます。それでも失礼がなかったと親分さんがおっしゃるのであれば、どうぞ焼くなり煮るなり存分になさってくださいませ」

啖呵《たんか》を切るように威勢よくいった千早は、さっと裾を払って地べたに座り込むなり、腕を組み、まっすぐ萬作をにらんだ。千早は自分でもよくわからなかったが、激した気持ちが自然にそんな態度を取らせてしまったのだ。

「姉さん」

夏が慌てたような声を漏らしたが、千早は萬作を凝視しつづけた。その萬作の顔がぐっと厳しくなった。

千早は息を呑んだ。急に恐怖が押し寄せてきた。萬作の目はあまりにも異様であるし、切れ味のよい剃刀《かみそり》のように鋭い。千早の脇の下に脂汗がにじみ、冷たい汗が背中をつたうのがわかった。

萬作の沈黙に耐えきれなくなって、千早はゴクッと生つばを呑み込んだ。と、萬作の目尻にやわらかなしわが寄せられた。

「これは恐れ入った。まさか、こんな気持ちのいい姉さんだとは思わなかったぜ。おい、今日はいいものを見た。ここまで足を運んできた甲斐があったというものだ」

意外だったのか、子分たちが互いの顔を見合わせた。

「どうやらおれの子分に過ちがあったようだ。姉さん、これこのとおり謝るので、ひとつ勘弁してくれねえか」

驚いたことに萬作も地面に膝をつき土下座をした。まわりの子分が止めようとしたが、萬作は額を地面にすりつけもした。もちろん、千早も大いに驚いた。

「あ、いや親分さん、何もそこまでなさらなくとも……」

「それじゃお許しいただけるんですね」

顔をあげた萬作に千早はうなずいた。

「かたじけない」

萬作はそういって立ちあがると、

「野郎ども、帰るぜ」

と、子分たちを引き連れて背を向けた。おれの顔に泥塗りやがった吾吉が帰ってきたら、ただじゃおかねえという声が聞かれた。

千早は夏に支えられるようにして立ちあがったが、萬作たちの姿が舟着場に消えて見えなくなると、腰砕けのようになって、また座り込んでしまった。

「姉さん」

「千早さん」

夏と佐吉が慌てて腕を取った。

「あー怖かった。どうなるかと思ったのよ……」

そういった千早はぶるぶる体を震わせていた。

「おい、どうした？」

金三郎が駆けつけてきた。

「金さん、あの男は……」

「往生したが、もう大丈夫だ。それより千早さんの顔色が悪いが……」

金三郎が怪訝そうに聞くと、夏が対岸に渡る舟に乗っている萬作たちを見ながら、早口で説明した。

「一難去ってまた一難だったってわけか。だが、何事もなくてよかった。さ、それじゃおれたちも……」

それからすぐに佐吉が江戸までの舟を仕立ててくれた。

千早たちはその舟に乗ると、桟橋でお夕と佐吉に別れを告げた。

「佐吉さん、しばらくは様子を見ることよ」

千早は念を押した。

「わかっております。しばらくはまわりの人間に気をつけることにします」

「お夕ちゃんも気をつけてね」

「はい、この度はいろいろとお世話になりました。なんとお礼を申したらよいかわかりませんが、どうかお気をつけてお帰りください」

目にいっぱいの涙をためたお夕は、夏と金三郎にも深々と頭を下げた。

別れを惜しむ間もなく、船頭が舟を出した。佐吉とお夕は桟橋に立っていつまでも手を振っていた。

「お達者で……」

「お気をつけて」

涙声を張る佐吉とお夕に、千早と夏は目頭を熱くしながら手を振り返した。

川面に照り映える午後の日射しはまぶしく輝き、流れに乗った舟は江戸を目ざし、滑るように下っていった。

七

江戸に戻ってほぼ一月《ひと》がたとうとしていた。

夏の名残だったひぐらしの声もすっかり聞かれなくなり、朝夕にはあちこちですだく秋虫の声が高くなっていた。

だが、千早の営む糸針屋ふじ屋は、いつもと変わることがなかった。千早は毎日帳場に座り、注文を待つ傍《かたわ》ら帳簿をつけては、少ない売り上げにため息をつき、夏はくけ台で糸をよったりして、ときどき贔屓の仕立屋に行って注文を取ってくるという按配である。

その日も千早は帳場に座って、ぼんやりと通りをゆく人たちを暖簾越しに眺めたり、織糸に縫糸、それから組糸の入った糸箪笥を整理したりしていた。

そんなところへ近所の岡っ引きの親分伊平次が、ふらりと現れた。十手《じって》を肩に打ちつけながら、

「千早さんよ、何か面白いことないかい？」

と、店に入ってきた。

「面白いことなんかありませんわよ。そんなことだったら親分のほうがよっぽど、知ってるんじゃなくて……」

「知ってたら面白おかしく話してやらあな」

伊平次は下駄面に生えた髭を、ピッと指先で引き抜いて、上がり框に腰掛ける。

「このところ、この町はいやってほど静かでいけねえ」

「何をいってるのよ。騒ぎがなくてさいわいじゃない」

「ま、そりゃそうだけどよ。退屈でな……」

「それだけ世の中が平和だってことでしょ。こんなところで油売っていても何も出やしないわよ。見廻りにでも行ってきたら」

「けっ、愛想のないこと……。だが、まあそうだな、ちょいと神田明神にでも行ってくるか」

伊平次はそんなことをいって、すぐに出ていった。神田明神の秋祭りが迫っていた。町の者たちはその縁日を楽しみにしている。

午後の日射しが土間に長く伸びてきたころ、組糸を湯島横町に届けに行った夏が戻ってきた。何やら顔をにこにこほころばせていた。

「どうしたの、嬉しそうな顔をして……」

「へへへッ……」

変な含み笑いをして、千早の前にぺたりと座った夏は、後ろに組んでいた手を前に出して一通の手紙を差し出した。

「そこでうろうろしている飛脚に会ったから、どこを探しているんだって聞くと、うちを探してるっていうから預かってきたの。お夕ちゃんからよ」

「ほんと」

千早は手紙を奪い取るように手にすると、すぐに広げて読んでいった。

丁寧な字で、お夕のその後のことが書かれていた。心配していた吉原からの使いも来なければ、あやしげな男が訪ねてくることもないらしい。ただ、お夕の両親は夜逃げをしたまま行方知れずで、何の音沙汰もないということだった。

佐吉はこれまでと変わらず川会所の仕事を真面目にこなし、お夕をいつもいたわってくれているらしい。手紙には蕨や戸田渡の様子も書かれていた。そして最後のほうに、お夕と佐吉が目出度く祝言を挙げることが決まったと書いてあった。

「へえ……よかったわねえ」

千早が独り言のようにいうと、

「なにが……」

と、夏が手紙をのぞき込んだ。

二人は頬を寄せ合って、手紙を食い入るように読んだ。

お夕は最後に千早たちに対する感謝を延々とつづっていた。書いているうちに、涙をこぼしたようで、字がにじんでいるところがあった。

「佐吉さんといっしょになるのね」

つぶやいた夏の声は、少し涙声になっていた。

「そう、よかったわ」

応じた千早の目にも、なぜか他人事《ひとごと》ながら嬉しくなり、声を詰まらせた。

「お夏、人が幸せになるっていいわね」

千早は目尻の涙を指先でぬぐった。

「うん。人が不幸になると自分も悲しくなるけど、幸せになると自分たちも嬉しくなるものね」

「あんたも幸せにならなきゃね」

そういうと、夏が大きな目で見てきた。

「姉さんも……」

二人は同時に肩をすくめ、くすっと笑いを漏らした。

暖かな午後の日射しがそんな二人をやさしく包み込んだ。

この作品は書き下ろしです。原稿枚数340枚（400字詰め）。

幻冬舎文庫

●最新刊
会社じゃ言えない　SEのホンネ話
きたみりゅうじ

働けば働くほど貧乏になるじゃん!?　その理由は本書の中にある。決して会社じゃ言えないけれど、これが社会の現実だ！　超過酷な労働環境が教えてくれた、トホホな実態&究極の仕事論！

●最新刊
太郎が恋をする頃までには…
栗原美和子

恋に仕事に突っ走ってきた42歳の五十嵐今日子が離婚歴ありの猿まわし師と突然結婚。互いの寂しさを感じ、強く惹かれ合う二人。ある夜、彼は一族の歴史を語り始めた……。慟哭の恋愛小説！

●最新刊
早春恋小路上ル
小手鞠るい

大学に合格、憧れの京都で生活を始めたるい。夢見る少女の、初めてのバイト、初めてのキス。やがて、失恋、就職、結婚、離婚と、京都の街を駆け抜ける。恋愛小説家の自伝的青春小説。

●最新刊
ワタシは最高にツイている
小林聡美

盆栽のように眉毛を育毛。両親との中国旅行で「小津る」。モノを処分しまくるなまはげ式整理術。地味犬「とび」と散歩するささやかな幸せ。大殺界の三年間に書きためた笑えて味わい深いエッセイ集。

●最新刊
勘三郎、荒ぶる
小松成美

平成十七年、中村勘九郎は十八代目中村勘三郎を襲名。勘九郎としての激動のラスト四年間に加え、勘三郎となりさらに情熱を燃やす日々を綴る。戦い続ける男の姿が胸に迫る公認ノンフィクション。

幻冬舎文庫

●最新刊
酔いどれ小籐次留書　野《の》分《わき》一《いっ》過《か》
佐伯泰英

江戸を襲った野分の最中、千枚通しで殺された男の死体を発見した小籐次。物盗りの仕業と見立てたが、同様の死体が野分一過の大川で揚がり、事態が急変する。大人気シリーズ、第十三弾！

●最新刊
ぐずろ兵衛うにゃ桜　春《しゅん》雷《らい》
坂岡　真

古着屋の元締めが殺された。横着者の岡っ引き・六兵衛は下手人捜しに奔走するが、ご禁制の巨砲の図面を手に入れたことから、義父と共に命を狙われてしまう。異色捕物帳、陰謀渦巻く第三弾！

●最新刊
確実に幸せになる恋愛のしくみ20
桜沢エリカ

「三十歳になったらモテない？」「好きになる人は既婚者ばかり」「年下男と上手に付き合うには？」……幾多の恋愛を経て、幸福な結婚を手に入れた著者が、悩める女性たちに恋の秘策を伝授。

●最新刊
幸運を引き寄せる
天使のカラーヒーリング
高坂美紀

毎朝巻頭のエンジェルカードを引くだけで、色の力で守られ、心は癒され、不思議な力で幸運が集まり出す。スピリチュアルな力のあるカラーコンサルタントが見つけ出した、究極の幸運を呼ぶ術。

●最新刊
別ればなし
藤堂志津子

かつては花形営業マン、今は閑職の杉岡と恋に落ちた千奈。だが、千奈には同棲相手が、杉岡には別居中の妻がいた。二人はそれぞれの相手に別ればなしを切り出すが……。ほろ苦い大人の恋物語。

幻冬舎文庫

●最新刊
猫の森の猫たち
南里秀子

家族を失った猫たちに、私はなにができるだろう？　そんな思いから生まれた飼い主亡き後の猫を引き受ける猫の森。さまざまな過去を背負った猫たちとの出会いと別れを描く感動の猫エッセイ。

●最新刊
スタイル・ノート
槇村さとる

人気漫画家が「あーでもない、こーでもない」と悩みながら編み出したおしゃれ、買い物、キレイのルール。自分のスタイルを確立して、柔らかく、温かく、力を抜いて暮らすためのヒント満載。

●最新刊
最初の、ひとくち
益田ミリ

幼い頃に初めて出会った味から、大人になって経験した食べ物まで。いつ、どこで、誰と、どんなふうに食べたのか、食の記憶を辿ると、心の奥に眠っていた思い出が甦る。極上の食エッセイ。

●最新刊
黒衣忍び人
和久田正明

越後国九十九藩で極秘の城改築計画が。藩内には幕府の間諜が蠢いている。お上に知られればお家断絶——。武田忍者の末裔・狼火隼人と柳生一族の死闘が始まる。血湧き肉躍る隠密娯楽活劇！

●幻冬舎アウトロー文庫
実録・広島やくざ戦争(上)(下)
大下英治

戦後の混乱期、新旧やくざが抗争をくり広げていた広島に、関西の二大勢力が進出。その渦中、ひとりの男が頭角を現してきた……。血で血を洗う仁義なき戦いを描いた長編ドキュメンタリー小説。

糸《いと》針《はり》屋《や》見《み》立帖《たてちょう》

逃《に》げる女《おんな》

稲《いな》葉《ば》稔《みのる》

平成22年2月10日　初版発行

発行人――石原正康
編集人――菊地朱雅子
発行所――株式会社幻冬舎
〒151-0051東京都渋谷区千駄ヶ谷4-9-7
電話　03(5411)6222(営業)
　　　03(5411)6211(編集)
　　　振替00120-8-767643
印刷・製本―図書印刷株式会社
装丁者――高橋雅之

幻冬舎文庫

ISBN978-4-344-41424-2　C0193　い-34-3